集英社オレンジ文庫

十番様の縁結び 3

神在花嫁綺譚

東堂　燦

本書は書き下ろしです。

目次

登場人物紹介

十織家

織物が盛んな街、花絲の領主である一族。
はるか昔——国生みの時に生まれた神々を始祖とし、
未だ所有する一族＝「神在」でもある。
その中でも、縁を結び縁を切る神、十番様を有する。

◆終也
十織家の若き当主。幽閉されていた真緒を見初め、救い出し妻とした。

◆真緒
街一番の機織り上手。
幽閉され、虐げられていたものの…まっすぐな心の持ち主。

◆志津香（しづか）
終也の妹。勝気な美女。真緒のことを、今では信頼している。

◆綜志郎（そうしろう）
終也の弟であり、志津香にとっては双子の弟。飄々としている。

◆薫子（かおるこ）
終也の母。帝の娘――皇女であったが、先代に降嫁した。
終也の存在を受け入れることが出来ずにいる。

◆綾（りょう）（十織家、先代）
終也の父で、特別な機織でもあった。薫子のことを心から愛していた。

◆六久野恭司（むくのきょうじ）
終也の友人。かつて神在であったが、今は宮中に出仕している。

イラスト／白谷ゆう

十番様の縁結び 3

神在花嫁綺譚

序

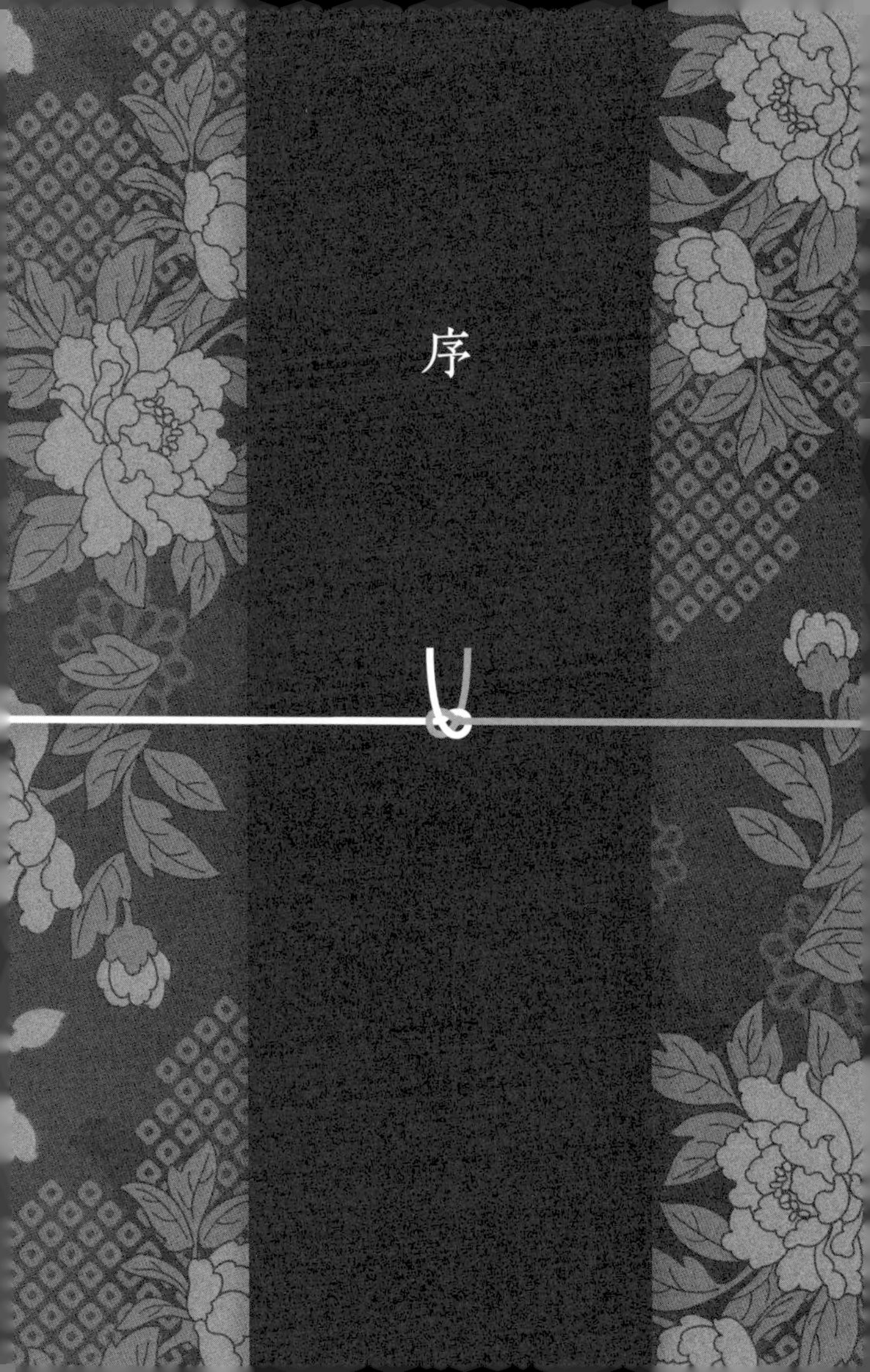

あたり一面に、白銀の世界が広がっている。

冷たい雪風が吹き荒れているのに、その中心は、かえって静けさに満ちていた。外界からの音が遮断されて、向かい合う男の声だけが響くのだ。

「真緒」

凍えるような景色に立つのは、生々しい火傷を負った男だった。真緒を見下ろすように、彼は雪のうえに佇んでいる。

「志貴様。もう、止めましょう？」

此の国において、最も尊ばれる血を引く者のひとり。末の皇子として生まれた男は、嘲笑とともに口元を歪める。

「止められるのならば、とうに止めている。殺された異母兄や異母姉のように、さっさとくたばった方が、どれほど楽だったか。——宮中は地獄だ。穢れた俺が、その地獄を生き抜くためには、神在を支配するしかない」

「本当に？　支配しなくたって、一緒に生きてゆくことができます」

言葉を尽くして、一緒に手を取り合うことはできないのか。無理に従わせるのではなく、互いに歩み寄り、協力することで繋がる未来があるのではないか。

真緒は信じている。

神様は人間と一緒に生きている。互いに憎みあって、争いあうものではない。同じように、神様の末裔たる神在も、志貴のように神の血を引かぬ神無も、一緒に生きてゆくことができるはずだ。

「ならば、お前が一緒に来てくれるのか？　俺の地獄に」

まるで花蜜のように、甘ったるい声だった。それなのに、その声には切なる願いが滲んでいた。

ともに地獄に堕ちてほしい、道連れになってほしい、と。

志貴の瞳には、涙のひとつも浮かんでいない。だが、暗がりで揺れる炎を閉じ込めたような瞳には、今にも泣き出しそうな子どもがいる気がした。

真緒は、いま、この人のいちばん柔らかくて、無防備な場所を見つめていた。

真緒はゆっくりと首を横に振った。

「わたしは十織の花嫁で、終也の機織です。だから、あなたの地獄には行けません」

志貴の地獄へともに行くということは、終也の手を放す、ということだ。どれだけ志貴に求められても、終也の手を放したくない。

真緒が、此の世でいちばん大切にしてあげたいのは終也なのだ。

「愛しているのか？　あの化け物を。あれは人の皮を被っているだけだろうに」

真緒はうつむかず、視線で男を射貫く。

「愛しています」

「ならば、なおさら選ぶべき道はひとつだろう？　あの男を愛しているのならば、俺の手をとれ」

真緒のすべてを支配するように、その手は頭上から落ちてきた。遠い日、幽閉先から真緒を救い出してくれた、終也の手とは似ても似つかない。

それは傲慢な支配者の手であり、真緒からすべてを奪おうとする者の手だった。

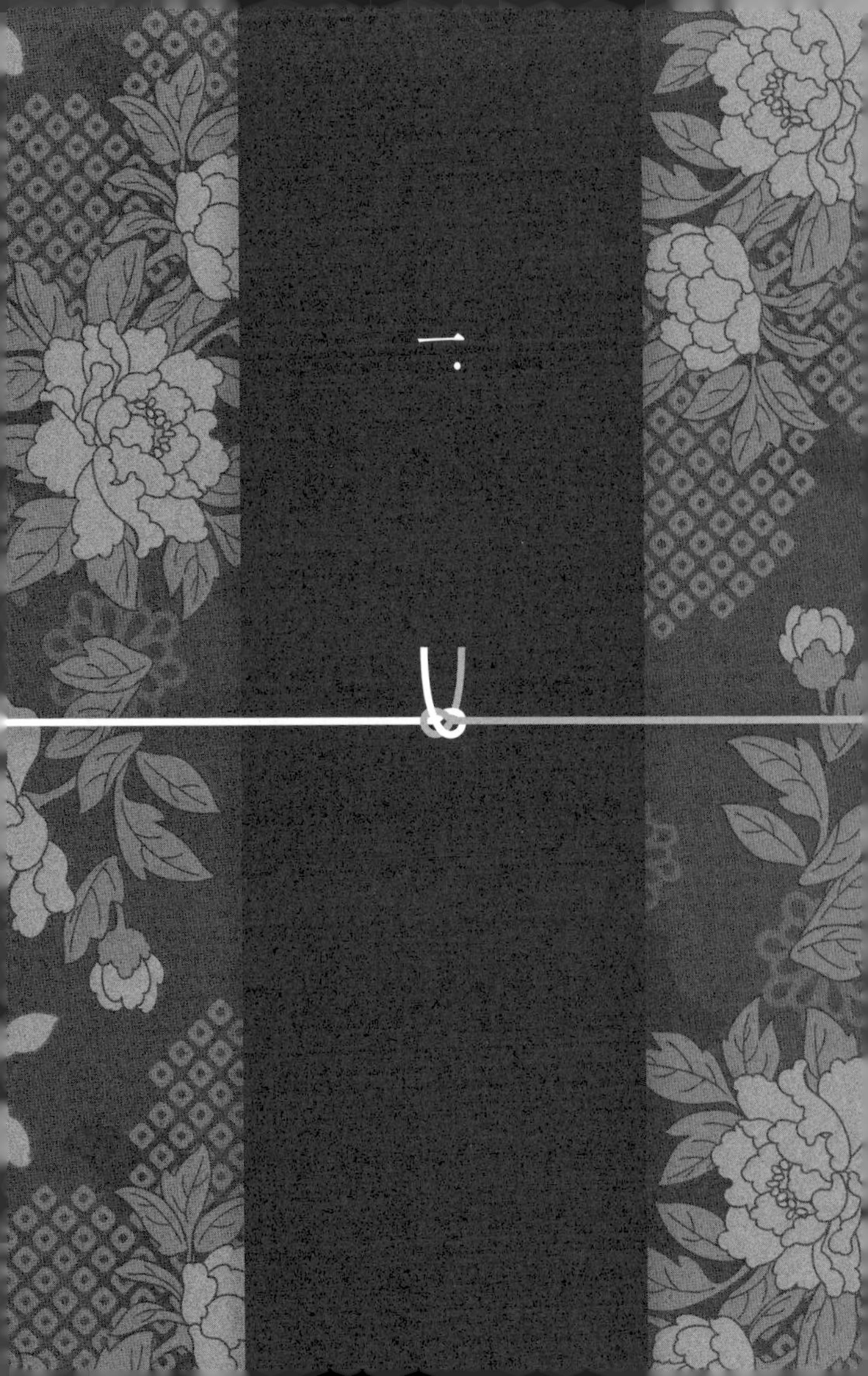

一.

京に寄り添うようにつくられた織物の街、花絲。

街中に、ぽつり、と残された小高い山に、花絲を治める領主の一族にして、十番目の神を有する神在――十織家の邸宅は建てられている。

山中の森を一部切り開き、斜面を平らにすることで建てられた邸宅だ。その奥まった場所に、真緒が機織りするための工房はつくられていた。

いくつもの織り機が置かれた工房には、先ほど、新しい織り機が仲間入りした。

七伏から贈られた木材、すなわち七番様の一部によってつくられた織り機だった。

(智弦様たち、元気にしているかな?)

帝都、そして七伏の領地から十織邸に戻って、しばらく経った。季節は秋の終わりを迎えて、そろそろ冬の気配が感じられる頃だ。

「この織り機は、七番様からつくったものですか? 七伏が贈ってきた木材を使ったのでしょう」

ふと、織り機に触れていた真緒の手に、ひんやりとした手が重ねられる。指が長く、ともすれば女人にも見えるような美しい手だったが、真緒よりもずっと大きな手だ。

「終也には分かるの? 志津香は気づいていなかったのに」

真緒の夫は、溜息まじりに息を吐く。それから、背後から覆い被さるように、真緒の身体を抱きしめてきた。

「分かりますよ。志津香と違って、七伏の人間とも会っていますからね。あの人たちは、離れて暮らしていても、君を守りたいと思っているはずです。そうしたら、やはり自分たちの神に頼るでしょう？」

（そっか。智弦様たちは、わたしを守ろうとしてくれているんだ）

七伏の者たちが邪気祓いに使う弓は、すべて七番様の一部をもってつくられる。邪気祓いに向かう彼らは、常に七番様と共にあるのだ。

その血を引く真緒にも、七番様の加護があるように、と願ってくれたのだろう。

「きっと、素敵なものが織りあがると思うの」

はやく織ってみたい。この織り機は、真緒のためにあつらえたように、ぴったり手に馴染むはずだ。

七番様は、ずっと真緒のことも気に掛けてくれていたのだから。

「君の織るものは、いつだって素敵なものですよ。僕の機織さんは、誰よりも美しいものを織るので」

終也は、まるで甘えるように、真緒の右肩に額をすりよせる。くすぐったくて身をよじれば、くすくすと笑いながら、彼は顔をあげた。

　宝石みたいな緑の目が、柔らかな光とともに真緒を映していた。

　その瞳には、決して揺らぐことのない真緒への信頼があった。

(終也は、いつもそう)

　誰よりも、おそらく真緒本人よりも、真緒の織るものを信じてくれる。

　だから、こんな風に言われる度に、真緒は思うのだ。真緒が一途に織ることができるのは、終也がいてくれるからなのだ、と。

「ありがと。終也のためにも、たくさん織るね」

(夏に贈った羽織にあわせるような、新しいシャツを仕立ててもらおうかな。これから寒くなるから、あったかい襟巻きとかも作ってあげたいな)

　そして、それを着ている終也と、何処かに出かけるのは楽しいだろう。

　二人で帝都を歩いたときも、《悪しきもの》の顕れに巻き込まれてしまったものの、とても幸せな時間を過ごすことができたのだ。

　そんな思い出を、これからの未来でたくさん作りたい。

「君が織ってくれるのなら、また一生の宝物が増えますね。楽しみにしています。……でも、君が織れば織るほど、七番様に嫉妬してしまいそうです」

「七番様に?」

「ふと、思ったんです。君が、この織り機で織ったものには、邪気祓いの力が宿るのではないか、と。そうだとしたら、嫉妬してしまいますよ。君は十織家の、僕の花嫁でもあるのですから」

言われてみれば、終也の疑問は尤もだった。

真緒の身には、七番様の血が流れているのだ。

七伏の者たちが使う弓のように、真緒があつかうことで、この織り機は邪気祓いの道具になるのだろうか。

「どうかな？　わたし、邪気祓いとしての鍛錬は積んでいないから」

七伏の領地で暮らしていた幼い頃、真緒は邪気祓いを担う者として育てられなかった。

先日、あの森に滞在したときも、それを智弦たちが強いることはなかった。

智弦は、七番様でつくられた弓をもって、邪気――悪しきものを祓ったが、真緒に同じことができるかと言われたら、やはり首を傾げてしまう。

「もし、わたしの織ったものに邪気祓いの力が宿ったら、十織家は困る？」

いまの真緒は、名無しの機織ではない。終也の機織であり、十織の一員でもあるから、一族に疵をつける真似はしたくなかった。

終也は自らの口元に指をあて、しばし思案する。

「特に困ることはないでしょうね。うちの反物は、程度の差はあれど、魔除けの意味を持ちます。だから、多くの人々は区別をつけることができません。邪気を祓ってくれる織物も、魔除けの織物も、《悪しきもの》から身を守るという意味では同じでしょう?」

終也の言うとおりかもしれない。

外の人間にとって重要なのは《悪しきもの》から身を守ることで、その過程ではないのだ。身を守ることができるのならば、どちらでも構わないはずだ。

「《悪しきもの》は、みんな怖いのかな? やっぱり」

帝都で《悪しきもの》の顕れである炎に遭遇したときも、七伏の領地にいたときも、真緒は《悪しきもの》について触れることになった。

だが、それがどういったものか、本当の意味で理解しているとは言い難い。

真緒が幽閉の身ではなく、外の世界で育っていたら、此の国の人々が抱く《悪しきもの》への恐怖や忌避感を、正しく理解できたのだろうか。

幽閉されていた過去を、意味のなかったものとは思っていない。あの日々があったからこそ、いまの真緒がいる。

(でも。だからこそ、わたしは自分が知らないものがあることを、まだ理解できないものがあることを、ちゃんと自覚しなくちゃいけない。何も知らないせいで、何かを傷つけた

り、損ねたりしちゃダメだから）

知らないことは、これから知っていけばよいことで、決して悪いことではない。だが、無知であることを自覚しないまま、自分の信じることばかりを貫いたら、いつか取り返しのつかないことをしてしまうだろう。

「十織は魔除けの家なので、僕だって、皆が感じている恐怖を理解していませんよ。……ただ、そうですね。死に直結しているから、人々は恐れるのかもしれません。一説によると、《悪しきもの》とは、《地獄》に溢れるものなので」

「地獄？」

「ええ。真緒は、地獄と言われて、どんなものを想像しますか？」

「苦しいところ？　悪いものが、いっぱいの」

苦しみに満ちている場所こそ、真緒の想像する地獄だった。だが、それがどのような場所か、どういったものか、具体的に説明することはできない。

「宮中や神在にとって、地獄というのは言葉のままです。地にある牢獄。さて、地にあるものとは？」

「悪しきもの？」

終也の口にした地とは、真緒たちの生きる大地というよりも、さらに下層にある場所を指しているのだ。

かつて、六久野恭司は、悪しきものは饅頭の餡で、皮が神様と言った。

七伏智弦は、悪しきものと神の関係を、湖とその上に張った氷と話した。

どちらの喩えも、神がいなければ、人々が《悪しきもの》に呑まれてしまうことを意味していた。

「人は死んだら、何処へ行くのでしょうか？　それは誰にも分かりませんが、地に堕ちる、と考える者もいます。すなわち、《悪しきもの》が封じられた地の底へ。十織家に持ち込まれるのは、意外と、死者のための依頼も多いのですよ。――死にゆく人を《悪しきもの》から守ってくれるように」

「志津香のところに来ている、お客さんは？　どっちなのかな？」

今日、志津香のところには、彼女いわく大事な客人が来ている。朝から仕度に向かっていたくらいなので、十織にとっても無下にできない相手なのだろう。

その客人は、誰のために、十織で織られる魔除けの反物を求めているのか。

「どうでしょうね？　他家の方らしいですが、僕も詳しいことは聞いていないので」

他家の者。すなわち、他の神在らしい。

「義姉さん、兄貴。いま大丈夫か？　志津香が呼んでいる」

　そのとき、工房に顔を出したのは、終也の弟である綜志郎だった。

　彼にしては珍しく、外つ国の装いだ。今から出かけるところなのか、母譲りの可愛らしい顔を隠すように、目深に帽子を被っている。

「志津香は、いま来客中ではありませんか？」

「そのお客さんが、義姉さんに織ってほしいんだと」

「わたしに？」

　綜志郎は呆れたように肩を竦めた。

「べつに変な話じゃねえだろ？　父様が死んだ今じゃあ、義姉さんが花絲の街一番の機織なんだから。……俺、呼びに来ただけだから、詳しいことは、志津香とお客さんから聞いてくれよ」

「綜志郎。君は、どちらに？」

　終也が、足早に去ろうとした綜志郎を引き止めた。振り返った綜志郎は、いかにも嫌そうな顔をしていた。

「泊まりがけで遠出だよ。言っておくけど、遊びにいくんじゃなくて仕事だからな」

「それは分かっていますよ。道中、気をつけてくださいね。志津香も心配しますから、寄り道しないで帰ってきてください」

「そこで志津香を出すのは、ずるいだろ」

綜志郎は、ばつが悪そうに零(こぼ)した。

大事な片割れの名前を出されると、やはり弱いらしい。

顔立ちこそ似ていないが、とても仲が良く、他者が立ち入ることのできない双子である。

義妹と義弟が一緒にいるところを見るのが、真緒は好きだった。

「いってらっしゃい。気をつけてね」

「……いってきます。義姉さんも兄貴も、気をつけて。花絲にいる分には問題ないだろうけど、《神迎(かみむかえ)》のときみたいな厄介(やっかい)ごとに巻き込まれるなよ」

耳が痛い忠告だった。帝都で悪しきものに襲われたことも、真緒が七伏の領地にいたことも、十織家の人々を心配させてしまった。

「僕たちも、志津香のところに行きましょうか」

真緒たちは、志津香が客人の対応をしている部屋に向かった。

外つ国の文化を取り入れた、上げ下げ式の窓が特徴的な部屋だ。瀟洒(しょうしゃ)なテーブルと、それを挟むように長椅子(ながいす)が置かれている。

志津香と相対していたのは、大柄な男だった。背丈こそ終也よりも低いが、華奢(きゃしゃ)な印象を受ける終也と違って、ずいぶん鍛えられている。

まるで、雪のような男だった。

白銀の髪、白銀の瞳、血の気のない白い肌は、生き物というよりも、精巧につくられた人形を見ているかのようだ。

何よりも目を引いたのは、男の頭部であった。

（大きな、耳がある？）

短く切りそろえた白髪にまぎれるよう、白い毛に覆われた獣の耳がある。

獣の耳は、おそらく神に由来するものだろう。十番様が大きな蜘蛛の姿をしているように、この男の始祖たる神は、獣の姿をとっているのだ。

客人の視線が、戸口に立っている真緒を捉えた。

「死装束を織ってほしい」

真緒たちが挨拶をするよりも先に、開口一番、客人はそう言った。

淡々とした声は、極限まで感情が削ぎ落とされていた。表情筋もぴくりとも動かないので、一瞬、何を言われたのかも分からなかった。

男は、哀しんでいるわけでも、憎らしげにしているわけでもなかった。

この男が何を思っているのか分からなかったから、死装束、という言葉と結びつかなかったのだ。

「どなたの、ですか？」

男は白銀のまつげを震わせるよう、ゆっくりと瞬きをした。

「妻だ。もともと身体（からだ）の弱い人だったが、春までは持たないらしい。だから、どうしても、《織姫（おりひめ）》に頼みたかった。花絲で、いちばんの機織なのだろう？　十織の先代――綾（りよう）のように」

「先代様と、お知り合いだったのですか？」

男は、外見だけならば、終也よりも少し年上といったところだ。しかし、十織の先代のことを親しげに呼ぶならば、実年齢は違うのかもしれない。

六久野恭司がそうであるように、神の血を引く者は、時に人間よりも長い時を生きる。

「友人だ。あれは良い機織だった、亡くなったことが惜しいくらいに。――名乗りが遅くなったな。二上（ふたがみ）威月（いづき）という」

二上。二番目の神を有する家。

威月は、ふんわりとした獣の耳を揺らした。

表情だけは、やはり凍りついたように動かなかったが、その耳は何よりも如実（にょじつ）に、彼の感情をあらわしていると思った。

此（こ）の人は、真緒の存在に喜んでいるのだ。自分の望むものを織ってくれる機織がいるこ

と に、心の底から安心している。

「死出の旅路に贈るものだ。妻の望むように、妻に一番ふさわしいものを織ってほしい」

「……？　それは、もちろん」

「だが、妻は病で動くことができない」

そこまで言われて、ようやく、威月の望みが分かった。此の人は、機織としての真緒に、妻に会ってほしいと言っているのだ。

「どうか、我が領地までご足労願えないだろうか？　《織姫》殿」

威月はそう言って、深々と頭を下げた。

夕風が、ひゅるり、と工房の外で吹いていた。

「二上の依頼、受けても良かったの？　義姉様を他家の領地に遣るなんて心配よ」

志津香にしては珍しく、力のない声だった。

二上威月は、十織が依頼を受けることに安心したのか、いったん花絲の街に戻った。

近日中に依頼内容を詰めて、その後、真緒は二上の領地に向かうことになる。病床に臥している、二上威月の妻に会うために。

「神在からの依頼を、特別な理由もなく断るわけにはいきません。今日だって、御当主がいらっしゃるなら、お出迎えしなくてはならなかったのに、君は教えてくれなくて。お会いして、驚きましたよ」

終也は困ったように眉を下げる。

「私だって、御当主がいらっしゃるとは思わなかったのよ。もともと約束していたのは、別の方だったもの。いくら父様が生きていた頃に付き合いのあった家でも、御当主だったら、さすがに約束の延期なんてできなかった」

「ああ。そういえば、一度、約束を延ばしていただいたのでしたね」

「そうよ。兄様が、帝都で怪我をしたときに。……やっぱり、心配だわ。あのときだって、義姉様が一人きりで、七伏に連れていかれたでしょう?」

志津香は重たい溜息をついた。

威月を迎えているとき、志津香は何も言わなかった。だが、心の中では不満に思っていたのだろう。真緒と終也を呼んだのも、十織の当主である終也から、二上の依頼を突っぱねてもらいたかったのかもしれない。

志津香は、真緒が花絲から離れることを心配しているのだ。

（この前、七伏のところにいたときも、ずいぶん心配をかけちゃったから）

真緒よりも年上の義妹は、一見、つん、としているが、身内に対しては情が深い。

「心配してくれて、ありがとう。でもね、わたしも行きたいなって、思ったの。その人にふさわしい、その人のためだけのものを織りたい。それが死装束なら」

死出の旅に向かう人が、その身に纏う衣装なのだ。その人のことを何も知らず、その人の歩んできた道のりも分からないまま、織りたくなかった。

いちばんふさわしい衣装で、旅立ってほしいと思った。

いまの真緒は、幽閉されていた頃とは違う。真緒の織ったものが辿りつく場所――それを纏う人のところまで、会いに行くことができる。

終也が迎えにきてくれた日から、そんな自由を手に入れた。

もちろん、依頼人全員と顔を合わせることはできないが、二上家からの依頼は、真緒を指名したもので、真緒も応えたいと思っている。

「心配しなくとも、真緒ひとりでは行かせません。僕も付き添います。他家の当主からの依頼ですから、僕が伺うべきです。父様も、大事な依頼のときは自ら出向いた、と聞いています」

「それは、そうだけれども。兄様、今度こそ義姉様を攫われたりしないでね？」

「志津香、帝都に行ったときは仕方ないの。終也は何も悪くないんだよ。だって……」

あのときは、学舎で《悪しきもの》の顕れに巻き込まれたことが原因だ。そもそも、七伏智弦のもとに行ったのも、終也のことを想って、真緒が自ら選んだことだった。

そのことで、終也が責められるのは嫌だった。

「いいえ、兄様が悪いのよ。機織を守ることができないならば、十番様にだって顔向けできない。今度こそ、任せても大丈夫なのよね?」

「ええ。この子は、僕が守ります。僕の何に代えても。……だから、僕が不在のとき、家のことをお願いしても良いですか？　以前、十織家のことならば、君がいる、と言ってくれたでしょう?」

「もちろん、家のことについては心配しないで。当主や領主としては頼りにしているけど、家業においては、兄様、あんまり戦力にならないのだもの」

機織りのできない兄を見て、志津香は苦笑いをした。ただ、そのまなざしは、きついものではなく、兄に対する信頼があった。

「家のことならば、君や綜志郎の方が、ずっと通じていますからね。頼りにしています」

「そうね、頼りにしてくれて良いわ。あと、母様のことも気にしないで。兄様たちが二上に行くことは黙っておくから」

「母様に、黙っておくのですか？」

　終也が問うと、志津香は頷く。どうして、終也から質問されたのかも、分かっていないような顔だった。

「……？　ええ。心配をかけたくないもの。家族のことになると、あの人、どうしても不安定になってしまわれるから」

　志津香の言うとおりだった。真緒だって、義母に心配をかけるのは本意ではない。

「わたしの我儘で、ごめんね」

　終也と志津香は、顔を見合わせる。

「義姉様は、十織の機織として、二上の奥様に会いたいと思ってくれたのでしょう？　他家の当主からの依頼だから、蔑ろにはできないもの。誠意を見せるという意味でも、こちらが出向くのは悪いことではないの」

「大事なお客さまですからね」

「わたし一人で行くのは？」

「それはダメよ。義姉様ひとりで行くことだけが、心配なのだもの」

「これに関しては、僕も志津香と同意見です。真緒の気持ちは尊重したいですけど、二上の領地に、君ひとりで行かせるわけにはいきません。とっても心配です。狼の巣に、君ひとりを行かせるなんて」

「狼？」

「二番目の神は、白い狼の姿をしているのですよ。威月様の耳を見たでしょう？　あれは二番様と同じです」

たしかに、威月の頭には真っ白な毛に覆われた耳があった。

「威月様は、わたしに酷いことをしたりはしないと思うけど」

花絲まで来たのは、十織に織ってほしい反物があるからだ。妻の死装束を仕立てるための反物を欲しているのだから、それを織る真緒のことを傷つけたりはしないはずだ。

「兄様。変に誤魔化さないで、素直に言ったら？　心配なのもあるけど、義姉様と離れ離れになるのが寂しいんだって」

「志津香」

終也は焦ったように、妹の名を呼ぶ。

「寂しいの？」

「……はい」

「そっか。わたしも終也と離れるのは寂しいな。だから、一緒にきてくれる？」

そうして、真緒と終也は、二上家の領地に向かうことになった。

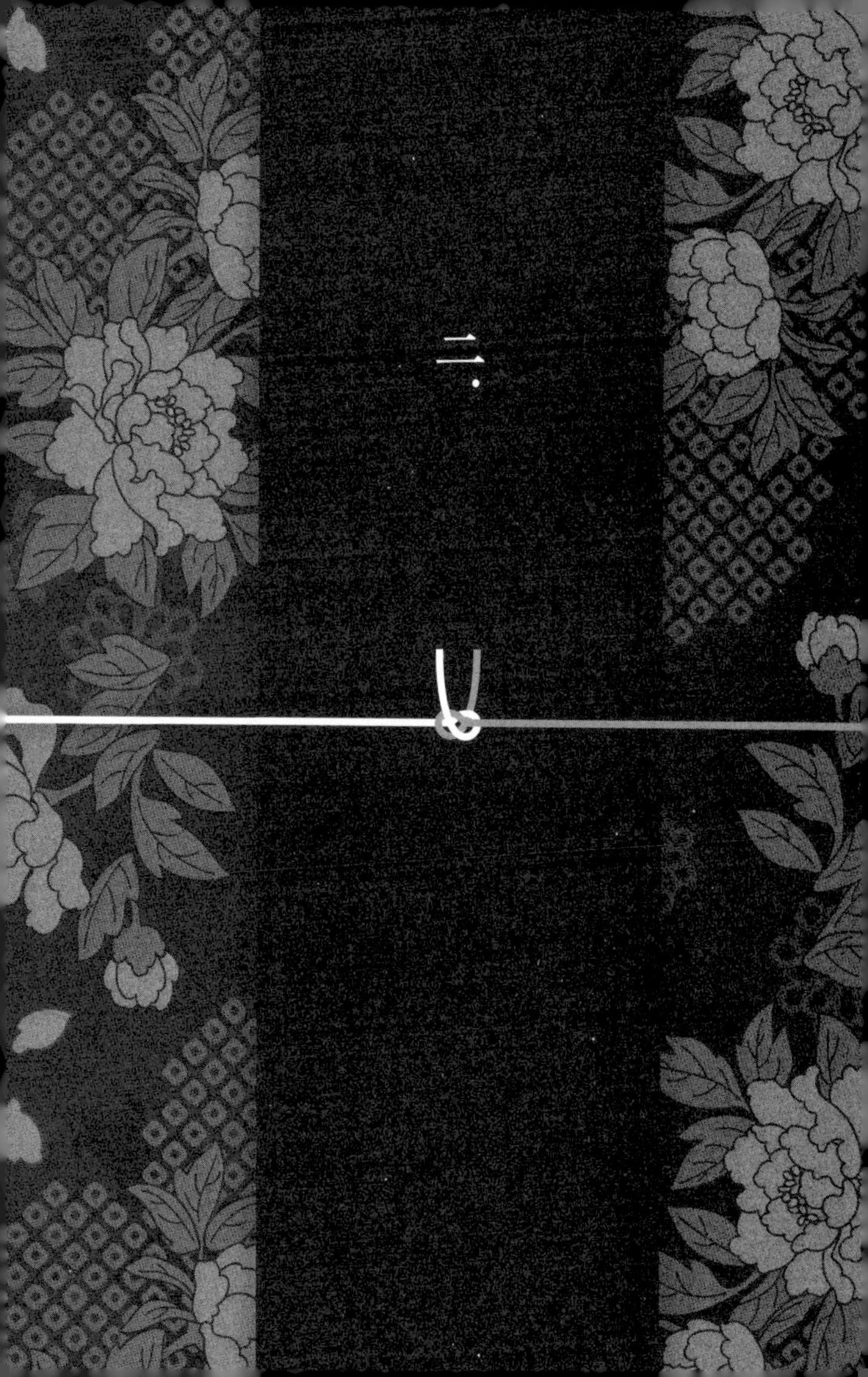

二・

二上（ふたがみ）。二番目の神、すなわち二番様（にばんさま）を有する家だ。

その神在（かみあり）が治める土地は、《白牢（はくろう）》と呼ばれる。

京（みやこ）から、ちょうど南西に下ったあたりである。此（こ）の国は、北にのぼるほど寒さが厳しくなるので、本来ならば、温暖な地域でもあった。

その地域にある山一帯を治めているのが、二上という神在である。

（雪が、いっぱい？）

二上の領地は、奇妙なことに一面の雪に覆（おお）われていた。

まるで、雪に閉ざされた牢獄（ろうごく）だ。

ほんの少し前まで、道中は紅葉に染まり、秋の終わりらしい景色をしていた。しかし、山の裾野（すその）に入った途端、がらりと様子が変わったのだ。

「この山は、常に冬なのですよ」

真緒（まお）の戸惑いを察してか、終也（しゅうや）が囁（ささや）く。

十織（とおり）家を出発するとき、志津香（しづか）から外套（がいとう）を持たされた意味を知る。沓（くつ）とて、雪道を歩くことを見越して長靴（ブーツ）だったのだろう。

真緒は、外套を羽織（はお）りながら、あたりを見渡した。

「一年中、ずっと冬なの？」

四季がなく、一年中、真っ白な景色が広がっている光景は、どうにも想像することが難しかった。

「《白牢》というのは、雪の牢獄、という意味だからな。二上は《大禍》を封じる神在のひとつだ」

付け足すように、威月が説明する。

「大禍？」

真緒が首を傾げると、威月も真似するように首を傾げた。何処かあどけなく、性根の素直さを感じさせる仕草だった。

だから、真緒は思う。

威月は雪のように冷たい印象を受ける男だが、案外、分かりやすい性格をしているのかもしれない、と。

「あまりにも強大であり、祓うことのできない《悪しきもの》だな。封じるしかないそれを《大禍》と呼ぶ」

「邪気祓いの神在にも、祓うことができないってことですか？」

七伏をはじめとして、邪気祓いを生業とする神在は複数ある。

所有する神によって、邪気祓いの方法は異なるようだが、どの家も、《悪しきもの》を祓うことに特化し、その能力を繋いできた家だ。

　そんな邪気祓いの家々にも、祓うことのできない《悪しきもの》があるのか。

「邪気祓いでも、祓うことはできない。此の国には、いくつか白牢のような土地がある。放っておけば、禍が世に溢れてしまうから、神在を置くことで封じるわけだ」

　威月いわく、二上の領地に封じている大禍は《雪害》の姿をとっている。その影響により、この土地はいかなるときも雪に閉ざされるのだ。

「一ノ瀬なども同じですね。一番様は軍神でもあるので、あの一族は軍部でも幅を利かせていますが、本質的には治水の神なのですよ。一ノ瀬の領地《雨霧》には、水の禍が封じられています」

「わたし、まだ知らないことばかりだったんだね」

　終也や威月にしてみれば、大禍のことは知っていて当然なのだ。三人のなかで、何も知らないのは真緒だけだった。

「良いのではないか？　お前たち夫婦は、まだ子どもだろう。これから知っていけば、何の問題もない」

　終也は苦笑いを浮かべる。

「威月様にとっては、そうなのかもしれませんね。長く生きていらっしゃるから」

花絲からの道中、威月の年齢を聞いたが、帝とほぼ同年代だという。

若々しい姿は、それほどの歳を重ねているようには見えない。だが、彼の身には、すでに長い年月が刻み込まれているのだ。

威月に孫がいるのかは不明だが、真緒や終也は、孫にも近いような年齢だろう。

「お前も、いずれ同じになる。先祖返りなのだろう？　おそらく、俺などよりも、よほど長く生きることになる」

真緒は思わず、終也に視線を遣ってしまった。

「……僕は」

「長く、長く生きることになる。その覚悟を、今のうちに決めておくことを勧める。どうしたって、お前は孤独になるだろう」

威月は、特別なことを言ったつもりはないのだろう。だが、彼の言葉は、まるで針のように真緒の心に刺さった。

（ずっと一緒にいようね、って約束した。でも、一緒にいられなくなる日だって、いつか来るんだよね）

真緒にも、七番様――神の血は流れている。しかし、終也のような先祖返りかと言われると、おそらく違うのだ。

生きている間は、終也の隣にいることを諦めない。ずっと一緒にいる、一緒に幸せになるという想いを捨てるつもりはなかった。

だが、長い時を生きる終也を、いつか置き去りにする日が訪れる。

「真緒、気にしなくても良いのですよ。君がいなくなった未来を、どんな風に生きるのかは、僕が考えるべきことです。君が背負うものではありません。――僕は、君の命が続く限り、君が傍にいてくれるのなら、それで幸せなのです」

終也は寂しげに笑って、真緒の手をとった。

「でも。わたしは、自分がいなくなった後も、終也には幸せでいてほしいよ」

（わたしは自分がいなくなった未来のことも、考えなくちゃいけない）

真緒がそう思ったとき、くすりとした笑い声がした。真緒たちの遣り取りに、威月が喉(のど)を震わせるように笑っていた。

「すまない。懐かしい遣り取りだと思ったんだ。俺と妻も似たようなことを話したことがある。俺の妻は、神無(かみなし)だ。娶(めと)ったときから、俺より早く逝(ゆ)くと分かっていたからな」

「二上家の奥方は、帝の妹君でしたね」

真緒は目を丸くした。

死装束(しにしょうぞく)に使う反物(たんもの)を織ってほしい、と頼まれたが、それを纏(まと)う女性が、どのような背景を持った人物か知らなかった。

威月の妻は、もともと帝の妹——先帝の皇女としての身分を持っていた人なのだ。

「帝からしてみれば、同母の妹にあたる。いくつになっても、帝にとっては小さな可愛い妹君らしいな。ずいぶん心を砕いてくださった」

帝の神在嫌いは有名だ。

国生みのときに生まれた一番目から百番目までの神は、すでに半数以上、此の国を去っているというのに、そこに追い打ちをかけるような真似をしたのが今上帝である。

即位してから今に至るまで、長きに渡り、神在を亡ぼすか、亡ぼさなくとも支配下に置いてきた人だった。

そんな帝が、心を砕くような神在がいるとは思わなかった。

（それだけ、妹さんのことが大事だったのかな？　家族として）

帝であっても、同じ母から生まれた妹には、特別な情があったのかもしれない。

「俺は、皇女を娶るにふさわしい男ではなかった。この《白牢》も、妻が生きるには、あまりにも過酷な土地だった。だから、せめて、ふさわしい死装束を贈りたい。妻の死が安らかなものとなるように、悪しきものに冒されないように」

十織家の織った反物ならば、魔除けの衣を仕立てることができる、と威月は微笑む。

「織ります。奥様にふさわしいものを」

威月の妻が纏うにふさわしいものを、真緒ならば織ることができる。威月は、そう信じてくれているのだ。

機織としての真緒は、彼の信頼に応えなくてはならない。

「期待している。十織の先代のように、美しいものを織ってくれることを」

やがて、山中を進んでいた三人を迎えたのは、濃霧に覆われた雪深き里だった。

いくつもの家々が立ち並んでいるが、どれも真緒の見たことのない造りだ。

屋根に急斜面のような角度をつけているのは、雪の重みで潰れないようにするためか。戸口が、地面よりも高く造られているのも、積雪を考慮した結果だ。

里のいちばん奥にある、ひときわ大きな館が、おそらく当主の暮らす場だろう。

「妻のために、我が領地まで出向いていただき感謝する」

そう言って、威月は深々と頭を下げた。


「長！　おかえりなさい！」

甲高い声につられるように、真緒は視線をあげる。

　里の入り口にそびえる大木に、子どもたちが群がっていた。まだ十(とお)にもなっていない子どもたちは、威月を見るなり駆けてくる。

　二上の一族なのだろう。

　威月のように獣の耳が生えているのは一人の少女だけだった。だが、どの子も、何処(どこ)となく顔立ちが威月と似通っており、血の繋がりを思わせる。

　二上は、七伏がそうであったように、一族だけで暮らしているのだろう。

「ただいま戻った。良い子にしていたか？」

　威月の問いに、子どもたちは顔を見合わせる。

「いつも良い子にしているよ？　だから、ね。穂乃花(ほのか)様には、いつ会えるの？　今日かな？　明日？」

「穂乃花は体調を崩しているから、会えない、と言っただろう」

「だって、長ばっかりずるい。あたしたちも穂乃花様に会いたいのに。いっつも独り占(ひとじ)めして」

　真っ白な狼の耳を揺らしながら、少女は不満そうに、威月の足に突撃した。威月は溜息をつきながら、少女を抱きあげる。

「文句ならば後で聞く。客人の前だから、あまり騒ぐな」

威月に言われて、ようやく子どもたちは、真緒と終也に気づいたらしい。

好奇心を滲ませた瞳が、一斉に向けられる。その勢いに気圧されて、思わず、真緒は一歩、後ずさってしまった。

「また、お客さんなの？ 珍しいね。こんなところまで来るなんて、変なの。雪しかないのに」

「穂乃花の客人だ。しばらく滞在するから、失礼のないように」

「……お客さんは、穂乃花様に会えるってこと？ ずるい！」

「ずるくない。ほら、あとで相手してやるから散れ」

威月が手を放すと、少女はくるり、と身を翻すように着地する。彼女は不満そうにしながらも、子どもたちを連れて、里の奥へと駆けていった。

「元気な子たちですね」

今までの真緒は、小さな子どもと接する機会がなかった。

幽閉されていた頃は言わずもがな、十織家に迎えられてからも同じだった。そもそも、十織の邸には、真緒よりも年下の人間がいないのだ。

帝都の学舎で、小さな子どもたちを見かけたことはあった。だが、あのときは非常事態だったので、まともに接したわけではない。

あれくらいの子どもたちに集まられると、少しだけ驚いてしまう。

「騒がしくて、すまないな。妻のところまで案内しよう」

威月に連れられて、真緒たちは里でいちばん大きな館に向かった。

威月の妻は、名を穂乃花という。

もともと病弱な人だったが、ここ数年は、特に寝込みがちになっていたそうだ。

しばらく容態は安定していたが、つい先日、次の春までは持たない、と医師から告げられたのだという。

「悪いが、穂乃花との面会は、機織だけにしてほしい」

「もともと、そのつもりですよ。僕は、あくまで真緒の付き添いです。他家の奥方、それも病床に就いている方のところに、僕まで訪ねたらご負担でしょう」

「心遣い感謝する。部屋を用意させているから、十織の当主は、先に案内しよう」

「その間に、わたしは穂乃花様と会えば良いんですか？」

「ああ。穂乃花は、この奥にいる」

威月が指さしたのは、すぐ傍にある引き戸だった。

「……？　威月様は、一緒に入らないんですか？」

威月とともに面会するものと思っていたので、真緒は戸惑う。

「穂乃花は、今は俺の顔を見たくないだろうからな。機織を連れてくることは話してあるから、部屋に入ってもらって問題ない」

威月はそう言って、終也を案内するため歩きはじめる。

「真緒。先に部屋で待っていますね」

終也は苦笑しながら、威月の後を追う。

真緒は、その背中を見送ってから、ゆっくりと戸に手を掛けた。一人で会うことに戸惑いはあるものの、穂乃花に会うこと自体は、真緒の望みでもあった。

死出の旅に向かうとき、彼女が纏う衣だ。

それを仕立てるための反物を織るのだから、彼女のことを知りたい。知って、ふさわしいものを織りあげたい。

「失礼します」

真緒は小さく息を吸ってから、そっと戸を開ける。

それは想像していたよりも、ずっと狭い部屋だった。

物がたくさんあるせいか、余計、閉塞感があるのかもしれない。

（牢獄みたい）

何処か、真緒が幽閉されていた平屋を思い出させる。間取りや造りはまったく異なるのに、同じように、何かを閉じ込めるための部屋に思えたのだ。

狭い部屋には、ぱち、ぱち、と火鉢で弾ける炭の音ばかり、大きく響く。

布団のうえで上半身を起こしていたのは、小柄な女性だった。

年の頃は、五十を過ぎたところか。

ひどく痩せ細っていた。

そして、威月と違って、その身には人間としての老いがあった。

髪は丁寧に梳られているが、白髪が交じり、ほとんど灰色の髪になっている。薄化粧の施された顔にも、年相応の皺が刻まれており、彼女が歩んできた時間を感じさせた。

だが、彼女には老いてもなお、否、老いすらも内包する美しさがあった。

野に咲く小さな花のように可憐で、楚々とした人は、真緒を見るなり微笑む。

（あんまり、薫子様たちとは似ていない？）

帝の娘である薫子と、帝の妹である穂乃花は、立場は異なる。だが、同じように皇族の血が流れているのだ。

無意識のうちに、穂乃花のことを、薫子と似た顔立ちと思っていたのかもしれない。

「威月は、ずいぶん可愛らしいお客様を連れてきたのね。娘さんにしては、あまり十織の先代とは似ていないわ」

「あの、先代様とは血が繫がっていなくて。当主の妻なので」

「義理の娘さんなのね」

「はい。真緒と申します」

「そう。十織の奥方ならば、腕の良い機織さんなのでしょうね。お若いのに、とても立派なこと。——威月は、やっぱり十織にお願いしたのね」

「あの、威月様からは、穂乃花様の……」

本人に向かって、死装束と言うのがためらわれて、一瞬、言葉に詰まってしまう。

「私の死装束に使うために、反物を依頼したのでしょう？　私のために魔除けの衣を、と。でもね、ずっと、威月には断っていたの。まさか、機織さんを連れてくるとは思わなかった」

真緒は目を丸くした。

「死装束が、お嫌ですか？」

真緒は、穂乃花の同意を得たうえで、威月が依頼を持ってきたと思っていた。だから、機織を――真緒を妻に会わせようとしたのではないか。

穂乃花に話を通していないならば、あまりにも無神経だろう。

「死装束が嫌なわけではないのよ。私は、もともと身体(からだ)がそれほど強くない。もうすぐ、この命が尽きることも知っている。だから、死ぬのは怖くない。……ここまで生きることができたのも、威月の厚意があってのこと。でもね、やっぱり私には荷が重いの」

「荷が重い？」

「私には過ぎたものなの、もったいないのよ。だから、わざわざ出向いていただいて申し訳ないけれども、十織に帰ってくださる？」

穂乃花は寂しげに笑った。柔らかな拒絶は、強く断られるよりも、かえって胸にくるものがあった。

真緒は、それ以上は何も言えず、ただ頭を下げて、部屋を出た。

扉の前には、威月が立っていた。終也を部屋に案内してから、すぐに戻ってきたらしい。きっと、真緒と穂乃花の会話も聞こえていたはずだ。

「穂乃花様は、死装束の件、納得していないみたいです」

威月にだけ聞こえるよう、真緒は声をひそめた。

「納得はしていないだろうな。俺がどれだけ話しても、自分には過ぎたもの、と拒(こば)む。あれほど頑なになるのは、初めてだった」

威月は肩を竦める。表情はあいかわらず変わらなかったが、何処か焦燥のようなものが滲んでいる気がした。

「死装束を着るのは、穂乃花様です。納得のうえなら良いんです。もし、そうでないならば、それは織るべきものなんでしょうか?」

「穂乃花が拒んでも、俺は、穂乃花に着せてやりたいと思っている。それでは、ダメなのか?　十織が依頼を受ける理由にはならないか?」

「……十織家としては、依頼を拒むことはないと思います」

依頼主は、穂乃花ではなく威月だ。十織としては、依頼されたとおり魔除けの反物を織るだけで、拒む理由はなかった。

しかし、機織としての真緒は、今の状況を看過できなかった。

「でも、機織としてのわたしは、このままでは良くないと思います。穂乃花様にふさわしいものを織りあげるなら、穂乃花様の気持ちは無視できない。死装束を纏って旅立つのは、あなたではなく穂乃花様だから」

真緒は顔をあげて、真っ直ぐに威月を見据えた。

「大人しそうに見えて、言うことは言うのだな。我が強くなくては、十織家の機織は務まらないか。血は繋がっていないだろうに、そういうところは十織の先代と似ている。同じ機織だからか？」

「先代様と似ていると言われるのは嬉しいです。でも、はぐらかさないでください。今回のご依頼は、穂乃花様の気持ちも、すごく大事なことだと思います」

「穂乃花が拒んだとしても、帝から預かった大事な妹君に、何もしないわけにはいかない。嫁いできたときも、大したことはしてやれなかった。最期くらいは何かしたい。そう思うのは、間違っているか？」

　真緒は、はっとする。

　穂乃花の気持ちを無視したくない。そう思っていたが、威月の気持ちも蔑ろにするわけにはいかない。

　威月が十織家まで来たのは、妻を想ってのことだ。

　穂乃花の気持ちを尊重するならば、威月の気持ちも尊重しなければならない。

「なら、穂乃花様と話してみます」

「説得してくれるのか？　穂乃花を」

「説得じゃなくて、お話です。だから、威月様も協力してください。二人にとって、いちばん良い形が何であるのか考えましょう？」

威月は口元に拳をあてる。こてん、と首を傾げる様子には、妙な素直さがあった。表情こそ乏しいが、そのまなざしには温かみがあるからかもしれない。

冷たい雪のような眼なのに、どうしてか、優しい、と思える。

「いちばん良い形？」

「はい。威月様と穂乃花様は、喧嘩をしているわけではないでしょう？　同じように、お互いのことを想っているから、正反対のことを言っているんですよね？」

威月は、妻を想って、死装束を仕立てようとした。

穂乃花は、夫を想って、自分には死装束は過ぎたもの、と拒んだ。

（お互いに嫌い合っていたり、喧嘩しているわけじゃない。きっと、二人とも、相手を想ってのことだから）

「二人にとって、いちばん良い形を探しましょう？　死装束のための反物を織るのか、織らないのかも含めて」

「それは困るな。お願いしたいのは、織ることだから」

「でも。威月様は、後悔しませんか？　穂乃花様の気持ちを無視して、織ることを」

威月は溜息をつく。

「痛いところを衝く。……七日だ」

「七日？」

「十織家の機織を、いつまでも白牢に拘束するわけにはいかない。まして、お前に付き添っている終也は、当主だろう？　もともと、白牢に滞在してもらうのは、長くても七日という話になっていた。だから、七日のうちに、穂乃花と、お前の言うところの《お話》をしてくれ」

真緒は、具体的な日数を確認していなかったが、威月と終也の間で、あらかじめ話がついていたのだろう。

長くても七日。七日間は、穂乃花と話をする時間がある。

「ありがとうございます」

「礼は要らない。あとは、終也に、きちんと説明しておくと良い。お前の機織としてのこだわりと、神在としての責務は別の話なのだから」

「……はい」

威月の言うとおりだった。

いまの真緒は、名も無き機織ではなく、十織家の機織なのだ。十織の生業は、そのまま神在としての役割にも繋がっている。

終也に相談せず、真緒の一存で決めるべきではない。

「他家のことに口出して、すまない。終也のところに案内しよう、先に部屋で待っていてもらっているから……」

「長！　どちらにいらっしゃいますか？」

威月の言葉を遮るように、遠くで、彼を呼ぶ声がした。

「……この廊下を、真っ直ぐ進んだところだ。案内できず、すまない」

「大丈夫です。――穂乃花様と、お話ししてみますね。二人にとって、いちばん良い形になるように」

「頼む。俺は、あまり穂乃花の気持ちを聞いてやれないから」

威月はそう言って、足早に去ってゆく。

真緒は、威月の教えてくれた部屋に向かう。

足袋越しに感じる板張りの床は、ひんやり冷たい。屋内であっても、外の寒さの影響なのか、冷え込む家だった。

一年中、雪に閉ざされた土地ということは、常に寒さという脅威に晒される、という意味でもあった。少しの滞在ならば良いが、年がら年中、この土地で暮らすということは、ひどく消耗するだろう。

　威月たちが平気そうにしているのは、神在として、神の血を引いているからだろう。この土地に大禍を封じるために、彼らの神も、彼らも、厳しい気候に負けるような身体はしていない。

「終也？」

　真緒は小さく声をかけながら、そっと戸を開いた。

　薄暗い部屋だった。その中心には、若い男が座っていた。

（終也、じゃない？）

　部屋の隅に置かれた明かりが、ほの暗い赤色をした男の髪を照らしている。綺麗に整えられた髪は長く、飾り紐で一本にくくられていた。

　戸口にいる真緒に気づいて、男は顔をあげる。

　男は、髪だけでなく目も赤かった。真緒のような鮮やかな赤ではなかったが、暗闇で揺れる炎のような色をしている。

　だが、何よりも目を引いたのは、口元から首筋にかけての火傷だ。

　炎に舐められたかのように、口元から首筋にかけて、治りきっていない火傷が広がっている。

火傷を目にした瞬間、真緒は肌が粟立つような、不気味な気配に襲われた。

まるで、その火傷が、禍々しい何かを醸しているように。

「ああ。ようやく来てくれたのか。手伝え、威月から話は聞いているのだろう？」

そう言って、男は身に纏っていた着流しを緩める。

あらわになった上半身には、帯状にした白い布がぐるぐると巻かれている。

肌から滲んだと思しき、血や体液で汚れた布からは、隠しきれなかった火傷がはみ出している。

（すごく、痛そう）

口元や首だけでなく、男は上半身にも火傷を負っているのだ。

「どうした？　見世物ではないのだが」

男の隣には、軟膏と清潔な布が置かれている。

おそらく、この男は真緒のことを、二上家に仕える者と勘違いしている。火傷に薬を塗り込み、布を取り替えることを手伝うために、威月が寄越した、と。

だから、真緒は、自分が二上家の者ではないことを話すべきだった。

頭ではそう分かっていたが、気づけば身体が動いていた。

男が片手で布を解くと、やはり口元から首にかけての火傷に続くよう、背中から腹にかけても大きな火傷があった。

　その火傷が、あまりにも痛々しく、生々しいものであったから、真緒の胸にはためらいがなかった。

　軟膏を掬(すく)った指先で、背中の火傷に触れる。傷口を刺激しないように、できる限り柔らかな指使いで、火傷のうえに軟膏をすべらせる。

　驚いたように、男の肩が跳ねた。

「素手か？　ずいぶん、肝(きも)が太い。怖くないのか？」

　首だけで振り返った男と、視線が合う。

「怖い？」

「まさか、威月から何も聞いていないのか？　この火傷は穢(けが)れだ。そんな、ためらいなく触れるものではない。篦(へら)くらい用意しているだろう」

　穢れ。真っ先に頭に浮かんだのは《悪(あ)しきもの》だった。

　彼の火傷を見たとき、血が騒ぐような感覚がしたのは、それが悪しきものによって負わされた傷だったからだ。

　真緒の身には、邪気祓(じゃきばら)いの血が流れているから。

「悪しきものによる、傷ですか？」

真緒はためらいなく、もう一度、男の背中に軟膏を載せた。ぐずぐずと体液が滲んで、まだらに赤くなった火傷に触れる。

「分かっているのに、ためらわないのか？」

「……すごく、痛そうだったので」

男はまったく痛そうにしていないが、ひどい痛みがあるはずだ。赤く爛れた皮膚は、見ているだけでも、胸が痛くなる。

「はは、そうだな。痛いのだったな、もう慣れてしまったが」

それは真緒にも覚えのある感覚だった。

あまりにも痛いことが続くと、それが痛いことであるかさえ、分からなくなる。

自分が何をされているのか、どんなに酷いことをされているのか、幽閉されていた頃の真緒が、正しく認識できなかったように。

「痛いことは、慣れちゃいけないんだと思います」

「そんな風に言われたのは、はじめてだ」

「わたしは、そう教えてもらったので」

終也から、そう教えてもらった。

真緒は傷口に軟膏を塗り終えると、白い布を巻くことを手伝う。

男は着流しを纏うと、手早く身支度をする。

「お前、もしかして二上家の女中ではないのか？　ずいぶん良いものを纏っているとは思ったが」

「女中さんじゃないです。ごめんなさい。部屋を間違えたみたいで」

「なら、そう言ってくれ。無理に手伝わせてしまって、悪かったな。女中ではないのなら、二上の客人だろう？」

「名乗らずに、ごめんなさい。十織真緒です」

男は目を丸くした。

「十織の？　そういえば、威月が機織を招くと言っていたな。当主の妹か？」

志津香と勘違いされているのだろう。以前も勘違いされたことがあるので、無理もないことだった。

「妻です」

瞬間、彼は深々と溜息をつく。

「手伝ってもらった、俺が言うことではないが。神在の妻ともあろう女が、はじめて会った男と二人きりになって、あまつさえ怪我の手当てなどしてはいけない。十織の当主に、悪いだろう？」

（悪い？　でも、怪我の手当てをすることは、悪いことじゃないはず）

「俺が間男になってしまう、という意味だ。これで通じるか？」

「まおとこ」

真緒が、いまいち理解していないことを察してか、彼は肩を竦める。

「これでは、十織の当主は苦労するな。――お初にお目にかかる、十織の奥方。俺は、志貴。見てのとおりの怪我人でな、白牢には療養のため滞在している」

「志貴様？」

志貴が頷くと、その動きに合わせて赤い髪が揺れる。やはり、暗闇に浮かぶ炎のような赤だ。

同じ色をした瞳もそうだが、それは自然な赤というよりも、何かしらによって歪められた赤に思えた。

「ああ、うわさをすれば、だ。頼むから、俺が何もしていないことを、きちんと説明してくれ。いまは、十織と喧嘩をするつもりはないんだ」

志貴の溜息と同時、戸口に影が落ちる。

「終也」

真緒が名を呼ぶと、終也はほっとしたように息をつく。

「真緒。良かった。いつまでも部屋に来ないので、心配しました。そちらの方は？」

終也は、ほんのわずか視線を鋭くさせた。そのまなざしは、真緒というよりも、真緒の隣にいる男に向けられていた。

「悪かったな、奥方を引き止めて。二上の女中と勘違いした」

「あなたは、二上の者ではないのですか？」

「そうだ。二上よりも、むしろ、お前との方が縁があるぞ？　終也、よく聞く名前だ。十織の当主」

志貴は、からからと笑う。

「あなたとは、初対面だと思いますが」

「顔を合わせるのは、そうだな。だが、俺はお前を知っていたさ。俺は薫子様にとって異母弟(おとうと)だから。――志貴という。はじめましてだな？　甥御殿(おいごどの)」

そこまで言われて、真緒はようやく、志貴がどのような身分にあるのか気づく。終也の母親である薫子は、もともと帝の娘、すなわち皇女であった。

ならば、その異母弟を名乗る男は、皇子である。

「末の、皇子様」

終也は思わずといった様子で、声を震わせる。

「それほど驚くことか？　俺と薫子様は、顔も似ているだろうに」

志貴はさらに笑みを深める。火傷にばかり気をとられていたが、言われてみると、薫子とも似た顔立ちだった。

「ご無礼を。申し訳ありません、まさか、皇子がいらっしゃるとは思わず」

終也が礼をとろうとすると、志貴は嫌そうに肩を竦める。

「止めろ、そういうのは要らない。ここにいる間、俺は皇子でも何でもない、ただの志貴だ。二上には、火傷の療養のために来ているんだ。こんなときまで堅苦しくされるのは御免だ。まして、お前は甥だぞ？」

「……御言葉は光栄に思いますが、僕は、あくまで十織の人間です。皇族の血は、意識したことがありません。意識することも、おこがましいでしょう？」

「何故？　時代が時代ならば、お前とて帝位争いに引っ張り出されていたかもしれない。帝の血筋が少なくなれば、外から連れてくるしかないのだから」

「外から連れてくるにしても、神在からは連れてこないでしょう。お忘れですか？　僕たち神在と、皇族の方々の間には、長年の確執があることを」

終也の強い言葉に、真緒はぎょっとする。

「はは。恭司に聞いていたよりも、ずっと気が強そうだな？」

「恭司様？」

思わず、真緒が口を挟むと、志貴は肩を揺らす。

「終也と恭司は、友人なのだろう？　よく名前を聞いた」

六久野恭司は、いろいろと特殊な立場ではあるものの、宮中に仕える人間だ。皇子である志貴と付き合いがあっても不自然ではなかった。

「どうせ、ろくな話をしていないでしょう？　恭司は」

「いいや？　恭司に友人なんてものができるとは思わなかったから、それだけで面白かった。あれは帝の気に入りだ。下手な関わりを持てば、帝の不興を買う、と宮中の人間は恐れているからな」

「恭司は、帝の気に入りというわけではないでしょう。むしろ」

むしろ、気に入られていないから、いたぶられている、と終也は言いたげだった。

「気に入りだ。帝は、そもそも恭司だけではなく、六久野の人間が気に入りなんだ。生まれるはずだった俺の異母弟も、帝の執念そのものだった」

真緒は思い出す。

「六久野の、お姫様」

帝が囲っていた六久野の姫君は、末の皇子を産むはずだった。しかし、彼女は臨月のとき、腹の子もろとも亡くなったのだ。

志貴は、末の皇子らしい。

しかし、本当ならば、その下に皇子が生まれるはずだった。

「あまり恭司と親しくすることは、おすすめしない。あれは、帝の逆鱗だからな。触れたら、無傷ではいられない。必然的に巻き込まれる」

「誰を友人とするかは、僕が決めることです。ご忠告は感謝いたしますが」

「なに、お前の妻に、世話をしてもらった礼だ。見てのとおり、いまの俺は、一人では怪我の手当てもできない状態でな」

志貴はわざとらしく、自分の身体を抱きしめる。

「お怪我をされているとは、存じませんでした。あなたほどの方が傷を負えば、僕たち神在の耳にも入りそうなものですが」

「言いふらすような怪我ではないからな。外聞が悪いだろう？　皇子が《悪しきもの》によって穢されたなど」

自らの身体をなぞるように、志貴は片手を滑らせる。白布の下には、いまだ爛れた火傷が残っていることを、いまの真緒は知っている。

「悪しきものに。よく、ご無事で」

「無事でなかった方が、お前たちにとっては都合が良かったか？　神在どもにとっては、帝も、その血を継ぐ俺たちも厄介者だからな」

「そのようなことは、決して」

「どうだか。まあ、愉しくない話は、このくらいにしておくか。どのくらい白牢に滞在するのか知らないが、ここにいる間は仲良くしてくれ、お前の妻がそうしてくれたように。なあ、十織の。終也だったか？」

志貴は、太陽みたいにからりとした笑みを浮かべる。反対に、終也の表情は、微笑んではいるものの、何処か冷たく強張っていた。

◇◆◇◆◇

志貴は、穂乃花と会う約束があるから、と真緒たちの前から去った。

（志貴様は、穂乃花様と仲良しなんだ。甥と叔母だから？）

穂乃花は、今上帝の妹であるから、その息子である志貴とも血縁関係にある。そして、病床の穂乃花に会わせてもらえるくらいには、威月からの信頼も厚いのだろう。

終也に連れられて、ようやく、真緒は自分たちのために用意された部屋に辿りついた。

二上から与えられた部屋を見て、真緒は戸惑う。

(穂乃花様の部屋よりも、ずっと)

あの部屋よりも、ずっと広く、整えられた部屋だった。本来であれば、二上の奥方である彼女の部屋の方が、手を掛けられるべきだろうに。

「真緒。今回のようなことは、できれば止めてほしかったです」

隣にいる終也が、困ったように眉を下げる。志貴と顔を合わせてから、彼はずっと顔色が悪かった。

「志貴様のところに、いたこと?」

恐る恐る、真緒は口にする。

「そうですね。初対面の男に近づいて、怪我の手当てをするようなことは、止めてほしかったです」

「……火傷が、すごく痛そうだったの。それで、気づいたら」

「そうだとしても、二上の人間を呼んでください。きっと、威月様が手配していたはずです。君でなくとも、別の方に任せれば良かったでしょう？　その人の仕事を奪うことにもなります」

志貴の身体に広がった火傷を見たとき、どうしても放っておけなかった。いまだ爛れたままの火傷が、《悪しきもの》による傷と分かったから、なおのこと、気になってしまったのかもしれない。

だが、真緒の行為は、きっと終也を傷つけた。

「ごめんね。哀しい気持ちにさせて」

志貴の手伝いをしたことは、間違ったことではないと思っている。

そこにいたのが志貴でなくとも、真緒は同じことをした。

かつての自分のように、傷ついた人を放っておくことができなかった。痛いことを痛い、と言えなくなっている志貴は、幽閉されていた頃の真緒と重なった。

身体的な傷だけでなく、その心にも傷を負っているように見えてならなかった。

真緒が、終也から手を差し伸べてもらったように、同じことを誰かにしてあげたかったのかもしれない。

だが、そのことで終也を傷つけてしまったのは、真緒の本意ではなかった。

「僕こそ、厳しいことを言って申し訳ありません。……心配だったのです。もし、志貴様が、君に危害を加えたら、と。僕は、僕のいない場所で、君が恐ろしい目に遭っていないか怖いのです」

終也は血の気のない唇を震わせた。彼の表情に、ぎゅっと胸が締め付けられる。

世の中には、恐ろしいことをする人間がいることを、真緒も知っている。今回は、たまたま志貴が善良だっただけだ。

もしかしたら、真緒は酷いことをされたかもしれない。

「君の優しいところが好きです。でも、その優しさを利用する人間だっていることを、忘れてほしくないんです」

「……うん」

「特に、ここは他家の領地でしょう？　何かあったとき、思うとおりに対処できないかもしれない。二上は、あまり表舞台には出てこない家なので、なおのこと。御家の責務に忠実で、領地に籠もってばかり。それ以外のことに頓着しない人たちですから」

この土地は、季節を問わず、雪に閉ざされているという。

その雪こそ、二上が、この地に封じている《悪しきもの》の影響だった。

一番目から百番目までの神が、《悪しきもの》に立ち向かうために生まれたのならば、二上はある種、その使命に忠実な一族なのだ。

それこそ、真緒の生まれである、邪気祓いの神在――七伏のように。

「二上は、大禍を封じることだけに専念しているってこと？」

「そうですね。だから、威月様からの依頼が不思議だったのです。冷たい言い方になりますが、奥方のために死装束を、というのは、神在としての責務とは無関係でしょう?」

　終也の言うとおりだった。死にゆく人にふさわしいものを、という威月の依頼は、大禍を封じるという二上の責務とは関係しない。

　むしろ、神在としては、無駄なことですらあるのかもしれない。

「穂乃花様、死装束を織ることに納得していないみたいなの。……あのね、終也。十織家としては、威月様の依頼をすることだけを考えるべきだと思うの」

「ええ」

　十織家に依頼したのは、あくまで威月である。穂乃花ではないのだから、穂乃花の意志を汲み取る必要はないのだ。

「だけど、機織としてのわたしは、穂乃花様の気持ちも大事にしたいって思うの。だから、威月様にとっても、穂乃花様にとっても、いちばん良い形を探したい。七日間、わたしに時間をくれる?」

　これは真緒の我儘だ。神在として、十織家が背負っている責務とは関係ない。

　花絲の街を、十織の家を、志津香たちに預けているのだ。領主であり、当主である終也を連れている以上、できる限り早く、花絲に戻るべきと分かっている。

　だが、真緒は、威月も穂乃花も、どちらの気持ちも汲み取りたかった。どちらかの気持ちを蔑ろにしたまま織ることだけは、どうしてもしたくなかった。

「我儘だって分かっているの。でも」

真緒の言葉を遮るように、終也は首を横に振った。

「君の望むままに。我儘でも良いんですよ、たくさん我儘を言ってください」

「言って良いの？」

「僕は、君が我儘を言ってくれることが嬉しいので」

「困らせちゃうのに？」

「好きな子のために困るのは、苦しくないのですよ。むしろ、それだけ頼ってもらえることを誇りに思います。……それにね、いま君の言った我儘は、君の誇りにも関係することでしょう？　僕は、機織としての君のことも愛しているのですから、機織としての君も大事にしてあげたい。威月様たちにとって、いちばん良い形が見つかると良いですね」

「ありがと」

「どういたしまして。僕にも、何か協力できることはありますか？」

「なら、教えてくれる？　威月様たち夫婦のこと。終也は、わたしよりもたくさん知っているよね？」

終也は十織家の当主として、他家のことも、ある程度は把握しているはずだ。穂乃花が帝の妹であることも、当たり前のように知っていたのだから。

「僕が生まれるよりも、ずっと前の話なので、当時の詳しい経緯までは分かりませんが。先帝の命により、穂乃花様は二上家に嫁ぐことになったそうです。そこに穂乃花様の意志はなかったでしょう」

「威月様が好きだったから、結婚したんじゃなく？」

「おそらく。恋などしなくとも、血は遺せますから」

神在にとって、後世に血を遺すことは、所有する神を後世に遺すことに繋がる。つまり、神を所有するための手段のひとつなのだ。

神在が血を遺すことは、此の国を守るために必要なことでもある。

それを思えば、御家の責務のひとつですらあるのだろう。

「夫婦の在り方も、たくさんあるってことだよね」

「はい。僕は、君に恋をして、君と一緒に生きたいから、君を妻に迎えました。でも、そうではない在り方だって、たくさんあります」

「穂乃花様は、本当は、二上に嫁ぎたくなかったのかな？」

「それは、ご本人に聞かなくては分かりません。ただ、宮中で大事に育てられていた姫君が嫁ぐには、白牢の地は過酷でしょう。宮中の人間が《穢れ》として忌み嫌う、悪しきものを封じている場でもあります」

　病床につく、穂乃花の姿が頭に浮かんだ。痩せがれて、青ざめた肌をしているのは、病だけが原因ではない。

　そもそも、この土地に暮らすことが、彼女の身体には負担なのだ。

「でも、穂乃花様、威月様のことが嫌いなわけじゃないと思うの。威月様だって、穂乃花様に死装束を贈りたいのは、穂乃花様のことを大事にしているからで」

　真緒の目には、互いに思い合っている夫婦に見えるのだ。それが恋なのかは分からないが、少なからず情はあるはずだ。

「そうだと良いですね。でも、実際は、体面の問題かもしれません。帝は、妹として穂乃花様のことを気に掛けていました。だから、二上家は、神在でありながらも帝から目こぼしされていた部分があるでしょう」

「帝の目があるから、穂乃花様を蔑ろにするわけにはいかないってこと？」

　本当は不仲だったとしても、対外的には丁重にあつかっていることを示す必要がある、と終也は言っているのだ。

「はい。それに、いまは志貴様が二上に滞在されている。いつから療養されているのか知りませんが、あの様子では、それなりに長く滞在されているのでしょう。志貴様がいる手前、穂乃花様を蔑ろにするわけにはいかない」

「帝に伝わっちゃうから？」

「ええ。志貴様は、皇子様たちの中では有名なのです。次の帝として、名前があがることも多い方ですから」

「……？　志貴様は、末の皇子様なのに？」

真緒は、最初に生まれた皇子が、次の帝になるものとばかり思っていた。

これが神在ならば、生まれた順番ではなく、神の血が濃い者が当主となるだろう。神在には、それぞれ家としての責務があるので、必然的に、血が濃い者が当主として選ばれやすい。

しかし、帝は違うのではないか。

「末の皇子ですが、いちばん可能性が高いのです。いま生き残っている皇子は、志貴様を除いて、多かれ少なかれ神在の血を引いていますから」

真緒の脳裏には、かつて義母が教えてくれた言葉がよみがえった。

『神在の血を引いて生まれた子は、帝の血筋としては、ふさわしくない。正統ではない、と帝は仰っていたのよ』

「神迎で、帝都に行くときね。薫子様が言っていたの。神様の血を引いていると、帝の血筋としては正統ではないって」

「母様から聞いていたのですね。……単純に、神在からの政治的な干渉を避けるためか。それとも、別の理由があるのか。神在の血を引いていると、帝位からは遠ざけられるようです」

「だから、神在の血を引いていない志貴様が、次の帝になるの？」

「おそらくは。それで異母兄たちからの恨みを買っているようですが」

志貴は、末の皇子でありながらも、最も帝位に近い。

「志貴様の存在は、次の帝になりたい皇子や、それを支援している人たちにとっては邪魔なんだね」

終也は頷いた。

「帝は御高齢です。近いうちに退位なさるでしょう。ただの人間は、そう長くは生きられません。このままいけば、きっと」

「帝が亡くなって、志貴様が次の帝になる」

神在嫌いの今上帝。その長きに渡る在位は、もうすぐ終わりを迎える。新しい帝が即位すれば、当然、帝と神在を取り巻く情勢も変化する。

瞼の裏に、暗がりで揺れる炎のような赤が浮かぶ。それは志貴の瞳に、髪に宿された色だった。
まるで全身に火傷を負った、彼自身を象徴するような色だ。
（帝は神在を嫌っているけれども。志貴様は、どっち？）
火傷を負った志貴の顔が、真緒の頭から離れなかった。

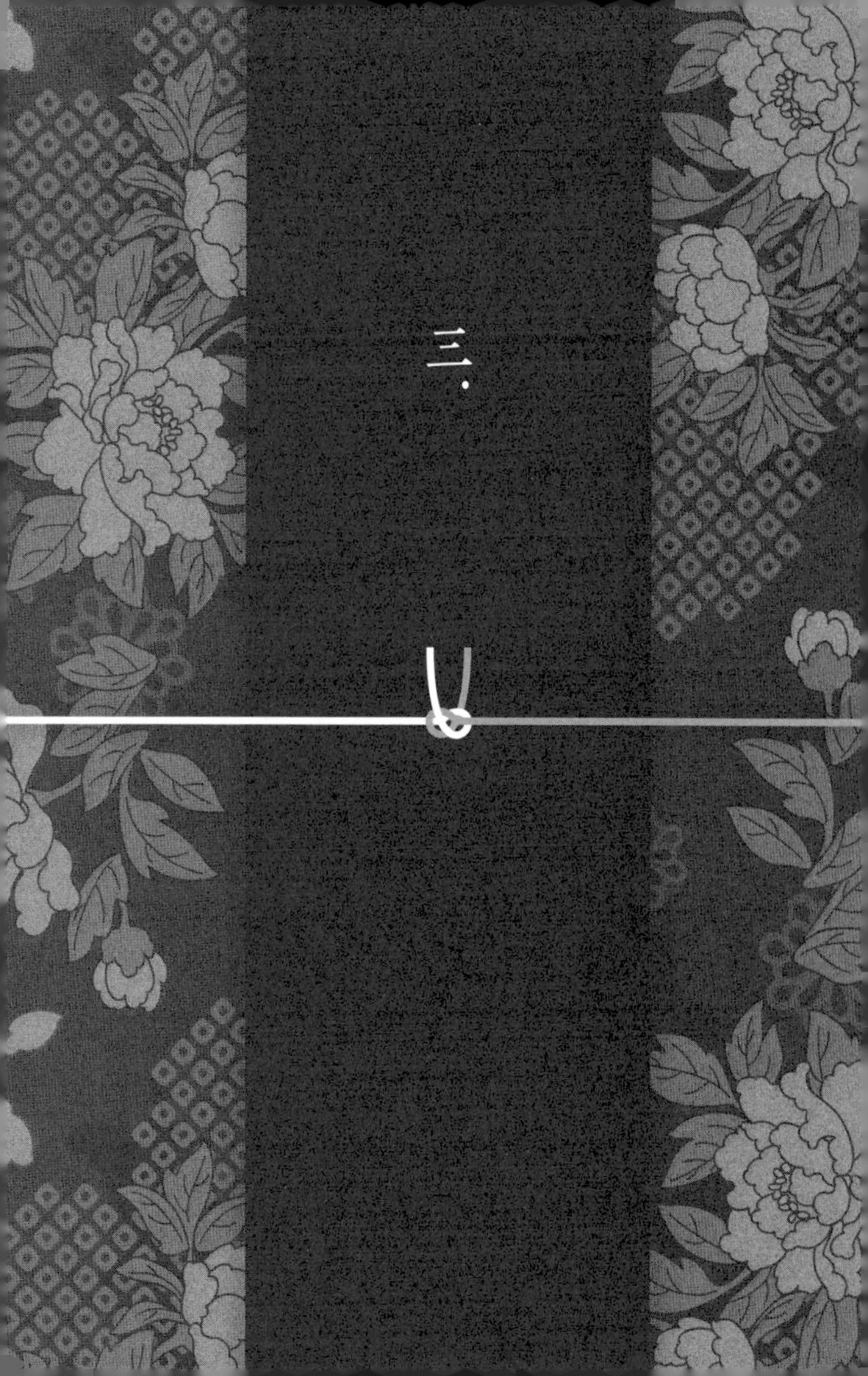

三・

翌日、さっそく真緒は、穂乃花との面会を取り付けた。

そのとき、威月から条件として出されたのは、ひとつ。二上家に滞在する七日間のうち、穂乃花と面会するのは日暮れの一刻のみ、ということだった。

「いまの穂乃花は、日中のほとんどを寝て過ごしている。ただ、夕刻から夜にかけては、しばらく起きている。そのときなら、身体の調子も悪くないようだ」

「ありがとうございます」

「礼は要らない。その代わり、できれば楽しく話をしてやってほしい」

「楽しく、ですか？」

「病状が悪化してから、しばらく一族からも隔離している。たまに志貴様とはお話ししているようだが、それだけでは足りないだろう。きっと、寂しい想いをさせてしまっているから、少しでも気をまぎらわせてやってほしい」

表情も、声も、ひどく淡々としたものだったが、その言葉には、確かに妻への気遣いがあった。

終也は、彼らは政略的に婚姻を結んだ夫婦である、と言った。そこに恋はなく、もしかしたら家族としての情もないかもしれない、と考えているようだった。

だが、真緒の目には、違うように見えるのだ。

「威月様は、穂乃花様のことが大切なんですね」

二上威月は、十織邸を訪れたときから今に至るまで、変わらず妻を想っている。

「先帝から貰い受けた、皇女様だからな。本来ならば、俺のような男に嫁ぐはずのない、手の届かない御方だった」

「……？　でも、先帝が望んで、穂乃花様を二上に、って」

先帝に命じられた結果、穂乃花は二上に嫁いだ。

つまり、二上ではなく、先帝や宮中の希望により、結ばれた婚姻だった。

威月は、本来ならば自分とは釣り合わない、高貴な人、と言いたいのだろうが、威月が負い目を感じる必要はないのだ。

先帝や宮中が、釣り合いがとれると判断したから、穂乃花は二上に嫁がされたはずだ。

「先帝が望んで、か。……そうだな、先帝の望みは、一刻も早く、穂乃花を宮中から遠ざけて、二度と顔を合わせないことだった。だから、二上が選ばれた」

「威月様は、不満だったんですか？」

「不満はない。ただ、いまも昔も、穂乃花のことは憐れに思っている。俺などに嫁がなければ、違う幸せもあっただろうに、と」

「違う幸せも、ってことは、二上でも幸せだってことですよね」

威月はゆっくりと耳を動かした。その頭にある耳が、ぱた、ぱた、と上下するのを見ながら、真緒は続ける。

「二上に嫁がない、そんな幸せもあったかもしれない。でも、二上に嫁いで、威月様と一緒になったからこそ手に入った幸福もある。そういうことですよね？」

ありえたかもしれない未来など、どれほど想像したところで現実にはならない。片方を選べば、片方を捨てることになる。

（未来なんて、わたしたちには分からないけれど。いまを精一杯、大事にした先にあるものだってことは分かるから）

威月は、穂乃花が嫁いできてから、ずっと彼女のことを大事にしていたはずだ。

「……そうだな。そうだったら嬉しく思う。この雪に閉ざされた牢獄に、穂乃花の幸せがあったのなら、どれだけ喜ばしいことか、と」

「威月様が幸せだから、穂乃花様にも幸せであってほしい、と思うんですね。死装束を望むのは、最期まで、ううん……亡くなってからも、穂乃花様に幸せであってほしいからですよね？」

人は、死したら何処へ向かうのか。

それは生きている者たちには分からないが、地の底――悪しきものが封じられた地獄へ堕ちる、という説がある。

ならば、せめて、その旅路を守りたい。死にゆく大切な人のために、悪しきものから身を守る衣を贈りたい。

大切な人には、幸せでいてほしい、と願う気持ちは、真緒にも良く分かる。

「十織の機織は、いつの時代も前向きだな」

「え？」

「何を言っても肯定的に捉えるから、困ってしまう、という意味だ。十織の先代も、そうだった。穏やかに見えるが、ぜったいに折れない。諦めが悪いのか、執念深いのか。お綺麗な言葉にするなら、一途、と言うべきか？」

威月は溜息をつく。

「褒め言葉、ですか？」

「お前が、そう思うのならば、褒め言葉かもしれないな。だが、年長者として心配にもなる。お前は取り繕うことを知らない。少々、正直が過ぎるようだ。本当のことだけを口にすれば良い、というものではない」

（本当のこと。やっぱり、穂乃花様のことが大事で、幸せであってほしいって気持ちは、威月様の本心なんだ）

真緒は小さく拳を握った。

「わたし、頑張りますね。お二人にとって、いちばん良い形を探します」

「期待している。……ああ、そうだ。必要であれば、だが。一族には客人の話はしているから、この館も、里も、山も、自由に歩き回って良い」

「良いんですか？」

客人として招かれてはいるものの、あくまで、真緒は他家の者だ。

「見られて困るものはないからな。外からの客は珍しいんだ。良かったら、穂乃花だけでなく、他の者たちとも仲良くしてくれ」

「わたしで良ければ」

真緒は威月と別れると、穂乃花の部屋へと向かった。


薄暗い部屋に、小さな明かりが灯っている。

（昨日は、牢獄みたいって思ったけれど）

よく見れば、そのようなことはなかった。狭い部屋ではあるが、ところどころに、穂乃花への気遣いが感じられる。

所狭しと物が置かれているように感じたのも、本当は違うのだ。病に臥して、動き回ることも儘ならない人だから、彼女の手が届く場所に物が置かれているだけだ。

「お帰りにならなかったのね」

布団で上半身を起こした穂乃花は、青ざめた顔をしていた。ほっそりとした身体には、死の影が感じられる。

穂乃花の命が、春までは持たない、というのは、本当のことなのだ。

坂道を転がる石のように、彼女は死に向かって進んでいる。

「威月に頼まれた？　私を説得するように」

「はい。でも、あなたを説得することは断りました」

穂乃花は目を丸くした。

「よろしいの？」

「十織家として、依頼を断ることはしません。でも、機織としてのわたしは、あなたの気持ちを無視して織るのは違うと思っています」

「私の気持ちなど、聞いても意味がないでしょう。威月は、一度決めたら譲らない人よ。だから、死装束の件は、ずっと私と威月の意見が合わないのよ」

どれだけ穂乃花が拒んでも、威月は強行した。花絲の街まで訪れて、真緒を領地に招いいます」

「はい。だから、わたしは威月様の気持ちも無視したくないんです。——二人にとって、いちばん良い形が何であるか、一緒に考えさせてください。そのために、わたしはここにいます」

穂乃花は不思議そうに、首を傾げる。

「わたしを説得しにきたわけでも、威月を説得するわけでもなく？」

「はい。どちらの気持ちも尊重したいんです。だから、わたしに教えてくれませんか？　あなたが威月様の依頼を拒む理由を」

おそらく、二上夫妻は、死装束を贈りたい、死装束は要らない、という互いの意見は知っていても、そこに含まれる想いまでは話し合っていない。

どうして、威月が死装束を贈りたいのか。

どうして、穂乃花がそれを拒むのか。

穂乃花は眩しいものを見るように目を細めた。

「あなたは、優しい人なのね。ねえ、私の我儘とは思わなかったの？　威月の意見に従わぬ、生意気な妻だと」

「……？　夫婦は、対等ですよね？　どちらかが上にいるのではなく、隣にいるもの」

祝言の日、終也はそう教えてくれた。

嫁いでからも、彼は真緒の心を蔑ろにしない。むしろ、自分ばかり背負おうとするから、真緒の方が歯がゆいくらいだった。

「そう。隣にいるもの、なのね？　でも、私は威月の隣にふさわしくなかった。あの人は、わたしには過ぎた夫だった」

「穂乃花様は、皇女様だったのに、ですか？」

今上帝の妹であり、先帝の娘だ。そのような立場でありながら、威月にふさわしくない、というのは奇妙だった。

「威月に嫁いだときの私は、先帝の娘としての価値がなかったの。最も忌み嫌われていた娘……いいえ、娘とすら思われていなかったでしょう。二上に嫁がされたのは、ただの厄介払いよ」

「だから、威月様にふさわしくないって、思うんですね」

「ええ。でも、そんな私に、威月はとても優しかったのよ。あまりにも優しいから、優しくされるほど、申し訳ない、と思ったくらい」

皺の寄った目元を緩めて、穂乃花は微笑んだ。その表情には、威月への嫌悪はなかった。むしろ、彼への好意が滲んでいた。

「好きなんですね。威月様のことが」

終也は、二上夫妻のことを、政略的な事情によって結ばれた夫婦。互いに想い合っているわけではないと言ったが、やはり違うのだ。

「好きよ。威月は笑わないでしょう？　それに、とても言葉の少ない人だから、誤解を受けることも多い。でも、あの人が優しいことを、私は誰よりも知っているの。二上に嫁ぐことができて、私は幸せだった。——でも、威月はどうかしら？」

ぽつり、と穂乃花はつぶやく。

「威月様も幸せだった、とは思わないんですね」

「私のことを見たとき、驚かなかった？　威月はあれほど若々しいのに、私はすっかり年老いたことに。誰が見ても、夫婦にはもう見えない。……私は、威月と一緒に長い時間を過ごしたつもりだけど、それは威月にとっては瞬きの時間なの」

神在(かみあり)として、人よりも長い時間を生きる威月。

神無(かみなし)として、人並みの時間しか生きられない穂乃花。

その違いを憂(うれ)うように、穂乃花は続ける。

「私と威月は、生きる時間が違ったの」

穂乃花は寂しそうに、衣の襟元(えりもと)を握った。力を込めすぎたのか、指先は白んでいる。わずかに震える指先は、彼女の抱える深い悲しみと、絶望を感じさせた。

「本当に、違うんでしょうか？」

　真緒は、どうしても穂乃花の言っていることが納得できなかった。

「え？」

「二人で過ごした時間があるのに、生きる時間が違うなんて。それは、すごく寂しいと思うんです。一緒に生きているのに、そうじゃないって言われるのは、つらい」

　たとえ、威月が穂乃花よりも、ずっと長く生きるとしても。ともに過ごした時間まで、なかったことになるわけではない。

「でも。私が死んだら、きっと威月は重荷を手放せるわ」

「威月様が、言ったんですか？　あなたが重荷だって」

　穂乃花はゆるりと首を横に振った。

「いいえ。でも、私がいちばん知っているのよ。あの人が娶(めと)るべきは、私ではなかったことを。私は、威月にふさわしくなかったの」

　彼女は寂しげに、そう言った。

穂乃花に別れを告げてから、真緒は館の外に向かった。

威月が話していたとおり、二上の者たちは、うろうろする真緒を咎めることはなかった。むしろ、気さくに声をかけてくるので、真緒の方が戸惑うくらいだ。

それだけ、外からの客人が珍しいのかもしれない。

門を出て、真緒はゆっくりと空を見上げる。

灰色の空から、はらり、はらり、と雪が降っている。真っ白な雪は、夢のように美しくもあったが、何処か残酷でもあった。

それは、冬が過酷であることを、真緒自身も知っているからかもしれない。

凍えるような寒風に、真緒は身を震わせた。幽閉されていた、あの平屋を思い出してしまう。まともに暖をとることもできず、襤褸にくるまって、冬の寒さに怯えていた頃があった。

冬の季節は、一年のたった四分の一だ。その短さですらも耐えがたかったのに、白牢の冬は、絶え間なく続くのだ。

もともと身体の弱かった穂乃花にとって、過酷な土地だったろう。それでも、この土地で威月と夫婦になり、彼女は幸福に過ごしたはずだ。

威月が、そうであったように。

(だから、二人にとって、いちばん良い形を探さなくちゃ。――穂乃花様は、どうして、ご自分が威月様にふさわしくなかった、なんて言うのかな?)

穂乃花は、今上帝の妹にあたる。その血筋や身分は、此の国で尊ばれるべきものであり、決して引け目を感じるものではない。

何故、穂乃花は、威月の花嫁としてふさわしくない、と考えているのか。

(そこに。きっと、威月様たちの擦れ違いの理由がある気がする)

「あ!　お客さん!」

きゃらきゃらとした子どもの声に、真緒は振り返った。しかし、あたりを見渡しても、子どもの姿はなかった。

「こっち。もっと上だよ!」

次の瞬間、真緒の頭上に影が落ちる。すっかり葉を落としている樹木の枝から、小さな子どもたちが、何人も降ってきた。

「……っ、危ない!」

しかし、真緒の叫びを余所に、彼女たちは難なく着地していった。

年齢は、十にも届かないようで、真緒の胸くらいの背丈しかない。ただ、大人でも大怪我を負いそうな高さから落ちながら、けろりとしている。

白牢に来たとき、威月と話していた子どもたちだった。

「お姉ちゃん、長のお客さんだよね？　お名前は？」

子どもたちのなかで、唯一、狼の耳が生えた少女が、じゃれつくように真緒のもとに駆け寄ってきた。

好奇心できらきらと輝く瞳は、威月と同じ白銀である。

真緒はかがみ込んで、少女と視線を合わせる。

「真緒。十織真緒って言うの」

少女の後ろにいた子どもたちは、こそこそと内緒話をするように顔を寄せ合う。

「十織って、十番様？」

「十番様って、何処にいるんだっけ。京？」

「違うよ。京のすぐ近くにある場所」

「何の神様？　前、兄ちゃんたちが言っていたじゃん」

内緒話のつもりなのに、声が筒抜けになっていることが可愛らしくて、思わず、真緒は笑ってしまう。

「そう。京のすぐ近くにある、織物の街から来たの。機織として、穂乃花様に会いに」

穂乃花の名前に、子どもたちの顔が輝く。

「穂乃花様！　穂乃花様に会えたの？　良いなあ」

「あなたたちは、ずっと会えていないの？」

たしかに、穂乃花の容態を思えば、気軽に面会は難しいのかもしれない。ただでさえ病に臥(ふ)しているところに、風邪(かぜ)など拾ってしまえば困る。

真緒が穂乃花に会うときも、日暮れの一刻、それもかなり距離を空(あ)けてのことだ。

「そうなの。長だけ、ずるいんだよ！　いっつも、穂乃花様を独(ひと)り占(じ)めするの！」

少女が地団駄(じだんだ)を踏むように飛び跳ねると、周囲の子どもたちも同調して、威月への不満を口にする。

ぴょこぴょこと飛び跳ねる子どもたちは、およそ子どもとは思えぬほど高く飛び跳ねるので、真緒はたじたじになった。

（すっごく元気な子たち）

神の血筋だからか、ずいぶん身体能力の高い子どもたちだ。

「穂乃花様、ずっと寝込んじゃっているんだよね？　大丈夫かな？」

子どもたちのうち一人が、ぽつり、とつぶやく。その子の哀しみが伝播したのか、周りにいる子たちも、いっせいに元気をなくした。

「お姉ちゃん、穂乃花様に会ったんだよね？　元気だった？」

真緒は一瞬、言葉を詰まらせた。

この子たちを傷つけぬように、穂乃花は元気だ、と嘘をつくことは簡単だ。

だが、心から穂乃花のことを心配している子どもたちに、偽りを告げることは正しいのだろうか。

「穂乃花様のこと、大好きなんだね」

真緒はそう言うだけで精一杯だった。

「大好き。優しくて、綺麗で。長なんかには勿体ないの。白牢にいたら、穂乃花様は元気になれないって分かっているけど。ここにいてほしい」

幼いながらに、彼女たちは分かっているのだ。白牢の地が、病に蝕まれた穂乃花の身体に、どれほどの負担をかけているか。

半分泣いているような声で、少女は続ける。

「はやく元気になってほしい。また、いろんなお喋りしたり、頭を撫でてほしいって思うの。……なのに、何処か遠くには、行ってほしくないの」

愛しているから、健やかであってほしい。けれども、愛しているからこそ、遠くへ遣りたくない。

矛盾している気持ちは、どちらも愛故のことで、この子たちが穂乃花を慕っている証だった。

（終也は、穂乃花様たちの婚姻は政略によるものだった、と。だから、そこに夫婦としての愛情はなかったかもしれない、と言ったけど。やっぱり違うと思う）

この土地で、穂乃花が慕われているのならば、それは穂乃花が誠意をもって、二上の者たちに接したからだ。

何より、長である威月を蔑ろにしたならば、子どもたちが穂乃花に懐くはずがない。

「威月様も、みんなと同じ気持ちだと思う？」

威月は、この土地は、穂乃花の療養にふさわしくないと思っている。

その一方で、この土地の外で、自分の知らぬ場所で妻が亡くなることを恐れているのではないか。

愛しているならば手放すべきだ。しかし、愛しているから手放すことができない。

「長が、きっと一番そう思っているよ。長は冷たく見えるし、あんまりお喋りも上手じゃないけど、穂乃花様のことが大好きなの」

「そっか。みんなも、そう思うんだね」

やはり、終也が語ったような、仕方なしに婚姻を結び、夫婦として過ごしてきた二人とは思えない。


「よってたかって、何をしているんだ？　二上のチビたち」


顔をあげると、小首を傾げた志貴の姿があった。

外を歩いてきたのか、仕立ての良い外套や、長靴はすっかり雪を被っていた。ほの暗い赤をした髪も、薄ら雪化粧している。

「志貴様！　チビじゃないよ、志貴様なんて、すぐ追い抜くんだから」

「まあ、否定はしない。お前たちは、俺よりも大きくなるだろうよ」

男性にしては、志貴はいささか小柄である。真緒の義弟――綜志郎と同じくらいかもしれない。

「うん。大きくなるし、志貴様よりも強くなるの！　だって、志貴様、ひんじゃくだもんね？」

「俺が貧弱なのではなく、お前らがバカみたいに頑丈なだけだ。俺は神無だぞ、神在のお前らと一緒にするな。……それで？　お前たち、こんな時間に何をしている。また勉学が嫌で抜け出してきたな？　威月に言いつけるぞ」

瞬間、子どもたちが一斉に顔を見合わせる。志貴の言葉が図星だったのだ。

「……だって、外のことなんて学んでも意味ないもん。ずっと、白牢で生きるから」

志貴は溜息をつく。

「甘ったれるな。今の時代、ずっとここで生きられるとは限らない。だから、威月はお前たちに強さを与えようとしているんだ」

「あたしたち、もう志貴様より強いよ？」

「身体が強くても、自分で考える頭がない奴は弱いのと同じだ。学はあって悪いものではない、いつかの未来で、お前たちを助ける日が来る」

志貴はかがみ込んで、少女と視線を合わせる。

「志貴様が、そうだったの？」

「そうだな。学んだことは無駄にはならない。いつか、身を助けてくれるはずだ」

「……うん」

「良い子だな。ほら、行け」

子どもたちは頷くと、里の方へと駆けていった。

「大変だったろう？　チビたちの相手は」

志貴は困ったように肩を竦める。

「いいえ。小さい子を相手にすることはないので、少しびっくりしましたけど。楽しかったです」

「楽しかったなんて言えるのは、今のうちだけだ。大人顔負けの馬鹿力だから、相手にしていたら身が持たない」

そう言いつつも、志貴は楽しそうだった。

療養のために二上に来てから、度々、子どもたちの相手をしていたのだろう。子どもたちの気安さからも、志貴と彼女たちが良好な関係を築いていたことは明白だ。

「仲良しなんですね」

志貴はゆっくりと瞬きをする。

「可愛らしい言い方をするんだな。まあ、仲良くしたいとは思っているが。ここの人間は、一ノ瀬の連中よりは付き合いやすいからな」

「一番様のところ、ですよね？」

終也いわく、二上と同じように《大禍》を封じる神在のひとつ。

封じている大禍は違えど、二上と一ノ瀬は、大禍を封じる神在という意味では同じ括りになるのだ。

「そうだ。二上のように領地に籠もっていれば良いものを、あいつらは軍部にも幅を利かせているからな。一ノ瀬の連中は、時と場合によっては、宮中の権力闘争にまで首を突っ込んでくる」

「軍部。えっと、あの」

「ああ、分からないのなら、そのままで良い。十織の奥方には、関係のないものだからな。荒事とは無縁だろう?」

「……身体を動かすことは、あんまり得意じゃないです」

「見れば分かる」

「でも、織ることなら得意です」

志貴は笑い声を堪えるように、肩を震わせた。

「それはそうだろう。得意でなければ、十織には迎えられない。お前のような女は、神在の妻としては選ばれない」

「ダメですか?」

周りに何を言われても、十織家から去るつもりはない。だが、やはり外から見ると、真緒は十織家にふさわしくないのだろう。

「ダメとは言わないが、警戒心が足りなくて、危なっかしく見える。これでは終也も心配だろう。こんなところで、一人で何をしていた？」

「ちょっとだけ、考え事を。志貴様こそ何を？　何処かに行かれていたんですか？」

「ただの散歩だ。療養中とはいえ、ずっと大人しくしていると身体が鈍るだろう。いざというとき、動けなくなるのは困るからな」

志貴が指さしたのは、里の外に広がっている山だった。

二上の領地は、一面、雪景色である。晴れ間がないわけではないが、天候もあまり良いとは言えず、いまも絶えず雪が降っている。

「外は、危ないいんじゃないですか？　迷ってしまいそうです」

雪景色の山を、ただ一人で歩くことは自殺行為に思える。

「そういう心配は要らない。白牢は、北方にあるような雪山とは違うからな」

「《大禍》の影響で、できあがった雪山だから、ですか？」

白牢がある土地は京の南西にあり、此の国では温暖な地域にあたる。このような雪山は、本来であれば、存在しないはずなのだ。

「そう。そして、その《大禍》は、二上によって封じられている。だから、この雪山は、基本的には人に害を為さない。きちんと統制が執れているとでも言えば、お前にも伝わるか？」

「威月様たちが手綱（たづな）を握っているから、安全ってことですよね」

志貴は頷（うなず）く。

「そうでなくては、ここで療養しようとは思わない。いくら穂乃花様がいらっしゃるとはいえ、なあ」

志貴と穂乃花は、顔は似ていないものの、叔母（おば）と甥（おい）の関係性にある。その伝手（つて）を使って、志貴は二上のもとで療養しているのだろう。

（志貴様は、ひどい火傷（やけど）を負っているから）

はじめて会ったときの、志貴の姿が瞼（まぶた）の裏に焼きついている。

露わになっている口元や首筋だけでなく、背中や腹部にも、炎に舐（な）められたかのような大火傷を負っていた。

それも、いまだ治っておらず、焼け爛（ただ）れたままの火傷だった。

「気になるか？　この火傷が」

真緒の視線に気づいたのか、志貴は自らの口元に触れた。生々しい火傷をなぞるように、するりと指先を滑らせる。

「その火傷は、帝都に顕（あらわ）れていた《悪（あ）しきもの》が原因ですか？」

神迎のため帝都に出たとき、真緒と終也は《悪しきもの》の顕れに遭遇した。学舎に大きな被害を齎したそれは、生き物のように蠢く、炎の姿をしていた。

あの炎は、幸いにも真緒たちを焼くことはなかったが。

(もし、あの炎に焼かれていたら、きっと志貴様と同じようになっていた)

「お前が言っているのは、今年の話だろう？　残念ながら、もっと前だ。俺が火傷を負ったのは去年の夏——一年以上も、前の話だ。宮中で《悪しきもの》が顕れたのは知っているか？」

「はい。悪しきものの顕れで、宮中の宝庫が燃えたんですよね」

その火事は、真緒が十織家に嫁いだとき、織りあげた反物と関わりがあった。

宮中にある宝庫が燃えて、そこに仕舞われていた《神迎》のための衣が焼失した。その結果、真緒は十織家の機織として、反物を織りあげることになったのだ。

(そのときの炎が、きっと、はじまりだった。それから、今も帝都では《悪しきもの》の顕れが続いている)

すべての始まりは、去年の夏、宮中で起こった火事だ。

それを発端とするように、帝都のあちらこちらで《悪しきもの》の顕れが続くようになり、真緒と終也も巻き込まれたのだ。

「でも、去年の夏なら、もう……」

　去年の夏ならば、すでに一年以上の時が流れている。

　だが、それほどの時間が流れた傷には思えなかったのだ。まるで、つい先日に負った傷のように、生々しい火傷だった。

「ただの火傷ではないから、治りも悪くてな。一時は生死を彷徨(さまよ)うことにもなって、猫のところに送られることも覚悟したくらいだ」

「猫」

「吉陸(よしおか)のところだ。四十四番目。そんなことも知らないのか？　神在の妻だろうに」

「神在のお家なら、教えてもらったことがあります。猫は死体を連れるもの、ですよね？」

「そうだな。悪しきものに冒された死体が行きつく場所だ。穢(けが)れた遺体を放置するわけにはいかないから、それらは吉陸の領地に運ばれる。まあ、悪しきものによって命を奪われた者は、まともに死体が残らないことも多いのだが」

　四十四番目。吉陸は、悪しきものに冒された死体を弔(とむら)う、浄化する、そういった役割を担(にな)った神在だったはずだ。

　彼の領地は禁足地(きんそくち)とされている。

　その土地に招かれる客人は、物言わぬ骸(むくろ)のみ、と。

　黙り込んだ真緒を気遣ってか、志貴はわざとらしく笑ってみせた。

「いまは、動けるくらいにはなっているぞ？　ただ、全快ではない。まだ休む必要があるから、二上に来たんだ」

「……でも」

　志貴の言葉には、一定の理解を示すことができるが、やはり疑問が残る。

　火傷を負っているから、長期的に療養する必要がある、というのは分かる。だが、療養先として《白牢（はくろう）》が選ばれた理由が分からない。

「いくら穂乃花様がいらっしゃるといっても、白牢は療養するには向かないです」

　雪に閉ざされた土地は、お世辞（せじ）にも療養先に向いているとは言えない。

　何よりも、その雪の原因とて、祓うことのできない、封じることしかできない悪しきもの——《大禍（たいか）》によるものだ。

　志貴は、悪しきものによって火傷を負ったのだから、悪しきものが封じられた白牢にいるべきではない。

「療養には不向きだが、とても安全だ」

「安全？」

「下手（へた）に、誰でも来られるような療養先を選んでみろ。宮中から、俺の首を獲（と）りたい人間が湧いてくる。その点、ここは宮中の連中が近寄らない。あそこで生きる者たちにとって、悪しきものは穢れだからな。大禍を封じている白牢も、近寄りたい土地ではない。今もなお、京の土地を厭っているのを見れば、明白だろう？」

むかし、帝がおわす土地は京であった。

しかし、あの土地は、一度、悪しきものによって壊滅的な被害を受けた。故に、少し前の時代から、帝も、国の中枢としての機能も、帝都に移ってしまった。

京を襲った悪しきものが祓われた今も、帝は帝都に留まったままである。

それは、帝や宮中の人間が、いまだに京を穢れた土地と思っている証だった。

志貴が《白牢》で療養していることは、宮中からしてみれば、とんでもなく型破りな行為となるはずだ。

「志貴様は、宮中の方々から命を狙われているんですね」

「お前、意外とはっきり物を言うのだな。いまも生き残っている皇子たちは、俺を除くと、程度の差はあれど神在の血が混じっている。そういう意味で、俺は最も帝位に近い、とされてきた」

「はい。だから、他の皇子様たちにとって、志貴様は邪魔になるんですよね？」

神在の血は、帝の血筋としては正統ではない。

かつて、薫子が語ったことが真実ならば、末の皇子でありながらも、志貴こそが帝位にふさわしい。

志貴の異母兄たちが、帝位を狙っているのならば、志貴ほどの邪魔者はいないのだ。

(血の繋がった家族で、殺し合うなんて思いたくない。でも)

血が繋がっていても、心で繋がることのできなかった者たちは、平気で酷い真似をする。血の繋がった叔母や祖父母が、真緒を幽閉し、虐げたように。

志貴の異母兄たちも、血は繋がっていても、志貴に酷いことをする人たちなのだ。

(わたしは十織の家族にしてもらえた。志貴様には、そんな人たちはいるのかな)

血の繋がった人たちが真緒を痛めつけた一方で、血の繋がらない十織家は真緒のことを大事にしてくれた。家族の一員として迎えてくれた。

志貴にも、志貴を慈しみ、大事にしてくれる人がいるだろうか。

生まれも立場も全く違うのに、志貴を見ていると、時折、昔の自分の姿が浮かぶ。痛いことを痛いと自覚することもできず、うずくまっていた真緒と、火傷を負った志貴の姿が重なってしまう。

「まあ、邪魔者というのも、今となっては杞憂かもしれないが、な。異母兄たちは、もう俺のことは放置しても良い、と判断しているかもしれない。殺す価値もない」

「え？」

「俺は、もう帝位争いから脱落した、と思われている。なにせ、異母兄たちや宮中の連中にとって、俺は《悪しきもの》に穢された皇子だからな」

志貴は自らの口元から、首筋、そして背に触れる。今もなお治らず、痛みを放っているであろう火傷を確かめるように。

穢れ。志貴の言葉は、志貴自身を貶めるものだった。

「それは違います！」

真緒は声を張りあげた。

突然の大声に驚いたのか、志貴は暗がりで揺れる炎のような瞳を揺らした。真緒よりも、おそらく終也よりも年上だろうが、驚いたときの顔には幼さがあって、何処か少年めいている。

真緒は胸元で拳を握って、真っ直ぐに志貴を見据える。

「志貴様は、はじめて会ったときも、まるで自分が悪いものみたいに言いました。でも、それは違うと思います」

あのとき、ためらいなく火傷に触れた真緒に、志貴は心の底から驚いていた。

あの反応こそ、火傷を負ってからの志貴が、どのようにあつかわれて、どのような気持ちになっていたかの証左（しょうさ）ではないか。

　この人は、周囲から拒（こば）まれて、疎（うと）まれて、独りにならざるを得なかった。

　志貴は気まずそうに、頬（ほお）を指でかいた。

「お前は、はじめて会ったときから、そうだったな。俺が二上の女中と勘違いして、火傷の処置を手伝わせただろう？　あのとき不思議だった。どうして、この娘は、俺の火傷を忌避（きひ）しないのか、と。《大禍》の土地で暮らしている二上の女中ですら、眉（まゆ）をひそめていたというのに」

　あの火傷を痛々しいと思っても、忌避する心はなかった。抗（あらが）うことのできない災厄（さいやく）に襲われた人を、どうして、責めることができるのか。

「志貴様は、何も悪くないですよね？　その火傷によって、損（そこ）なわれるものなんて一つもない。何も変わっていないはずです。火傷を負う前も、負った後も」

「それは、火傷を負う前の俺を、お前が知らないからだ。鏡を見れば、俺とて思い知らされる。火傷だけの話ではない。この髪も、目も、かつての俺はこんな醜（みにく）い赤をしていなかった。――俺の身が、穢れている証だ」

　真緒は唇を嚙（か）む。

誰よりも、志貴自身が、己のことを《穢れ》と思い込んでいる。それは、自分を醜いと思い込んでいた、終也の姿とも重なった。

　快活で人好きのする志貴と、穏やかで大人しい終也は似ていない。

（でも。志貴様も、同じように傷ついている）

　知ってしまったら、もう無関心ではいられなかった。

　志貴は、幽閉されていた頃の真緒にも、かつての終也にも似ている人だ。

「火傷を負う前の志貴様を知っていても、同じことを言いますよ。あなたは何も損なっていません」

「どうだろうな？」

　志貴はおどけたように肩を竦める。真緒の言葉をまともに受け止めてはくれないのだ。だから、真緒は続ける。

「それでも、あなたが穢れていると思うのなら、わたしが織ります。志貴様を悪しきものから守ってくれるものを。わたしは十織の機織です」

　真緒には、できないことの方が多い。神在の妻としても、まだ至らないところばかりだろう。

　それでも、織ることにだけは誇りを持っている。いまの真緒は、織ることによって、誰かの力になれるとも信じている。

終也が、ずっと真緒の織るものを信じてくれているから、そう思えるのだ。

「二人目」

「え？」

「お前が二人目だ。この火傷を忌避しなかったのは」

志貴は、まるで何かを懐かしむように目を細めた。

（すごく、優しい顔）

もともと、志貴の顔立ちは、薫子や綜志郎とも似ている。だから、きつい顔立ちではないのだが、これほど柔らかに笑う人とは思わなかった。

「お前は、俺の親友と同じことを言うのだな。あれだけは、俺には、まだ皇子としての価値があると信じてくれた」

「親友さん。なら、わたしの言葉は信じられなくても、その人のことは信じてあげてください」

親友と口にした志貴は、それは優しい顔をしていた。どれだけ、その人のことを友として信頼しているのか、痛いほどに伝わってくる。

「そうだな。あれの言葉を疑うことだけは、俺もしたくはなかった。……お前とは、似ても似つかない男だと思っていたが、案外、似ているところがあるのだろうか？　とても懐かしくなった」

「仲良しさんだったんですね」

「そうだな、仲良しだった。——だから、お前のことにも興味が湧いてきた。もしかしたら、俺たちは気の合う友になれるのかもしれない」

「わたしと志貴様が？　お友達？」

友人。思えば、真緒にはそのような存在はいなかった。

幽閉されていた頃は、当然、友人などできるはずもなかった。十織家の花嫁となってからは、たくさんの人に良くしてもらったが、友と呼ぶ関係性ではない。

（終也と恭司様。二人みたいな関係だよね）

真緒の知っている友人とは、彼らのような関係だ。あの二人は、口では互いに辛辣なことを言うが、それは信頼関係の証でもあった。

「嬉しかったんだ、親友と同じことを言ってくれたことが。だから、お前とも仲良くなりたくなった。二上での療養中、ずっと退屈していた。新しい友人がいてくれたら、療養も少しは愉しくなるだろう？　真緒」

名前を呼ばれる。悪意が感じられなかったから、真緒の胸には、すとん、と彼の声が落ちてきた。

「はじめてです、お友達ができるの」

「それは、ずいぶん箱入りだったんだな。お前の夫が、そう望んだのか?」

　真緒は首を横に振った。

「いいえ。終也は、わたしに外の世界を見せてくれる人です。わたしの知らなかった、たくさんのものを見せようとしてくれる」

「ふうん。終也は、神在の者にしては、ずいぶん真っ当なのだな」

「志貴様には、その、少し冷たく見えたかもしれないけど。とっても優しい人です」

「すまない、言葉を間違えたな。真っ当というより、あまり神在らしくないな、と思っただけなんだ。神在の連中は、俺たちとは根本的に違う、理解しがたい部分がある。……俺の親友は、神在だったんだ」

「神在?　でも」

「意外か?」

「志貴様は、神在に対して思うところはないんですか?　その、帝と同じように」

　今上帝の神在嫌いは有名だ。さらに言えば、宮中と神在の関係性を思えば、志貴の親友が神在であることは予想外だった。

「はは、まさか正面切って、そう聞かれるとは思わなかった。よく、俺に帝のことを聞こうと思ったな？」

「ごめんなさい。気になって」

「お前は正直者だな。それは美徳だが、時に自分の身を危うくさせるぞ？　俺は、神在のことは嫌っていない。帝はことさら神在を嫌うが、神の血筋が、此の国を守っていることは揺るぎない事実だ。――神無くして、人の世はない」

「親友さんのことを、信頼されているんですね」

きっと、志貴の親友は、神在としての責務を果たしていた。親友が此の国を守っていると知っているから、皇子でありながらも、志貴は神を厭わないのだ。

「ああ、誰よりも信頼していた。あれが友であったから、神の血を、そこに宿る力のことも、俺は信じているのだろう」

「どんな方ですか？」

「俺からすると年下で、お前の方が年齢は近いかもしれない。だが、幼いときから聡明な男だったから、年下という意識はなかったな」

「じゃあ、わたしよりも、ずっとしっかりしている人ですね」

志貴は思わずと言った様子で噴き出した。

「たいていの人間は、お前よりもしっかりしているだろうよ。八塚という名を、聞いたことがあるか？　お前は余所から嫁いだから、神在の家には馴染みがないかもしれないが」

「未来視の、お家ですよね」

十織家に嫁いでから、家名だけならば何度か耳にしたことがある家だ。

八塚。それは八番様を有する、未来視の家。

八番様は、遥か遠い未来まで飛翔するという、蝶の姿をした神だ。彼の神は、八塚の一族に先見——未来視という異能を与えたという。

（でも。未来を視るって、どういうことなんだろう？）

未来とは、過ぎ去ってしまったものではなく、これから訪れるものだ。そのような不確かなものを視ることが、真緒には上手く想像できない。

より良い未来を手に入れるために努力する、というならば分かる。未来とは、現在の連続が過去になり、その積み重ねの果てに訪れるものだ。

だが、はじめから先々のことが視えるというのは、どういう感覚なのか。

「あの家は使い勝手が良いから、遠い昔から宮中とも距離が近くてな。いくら神在嫌いの今上帝とて、蔑ろにできる家ではない。だから、俺が八塚の者と親しくしていても、咎められることはなかった」

「お友達の、お名前は？」

「螟。八塚螟という。もう亡くなったが、俺にとっては唯一の友だった」

真緒は言葉を失った。まさか、亡くなっているとは思わなかった。真緒と年齢が近いならば、かなり若いうちに命を落としたはずだ。

「すみません」

いまは亡き友人のことを、無遠慮に聞いてしまった。

「謝らなくても良い。ただ、ここだけの話にしてくれるか？　螟の死は、他家には伝わっていないのだろうから」

真緒は思わず、まじまじと志貴を見てしまった。他家に伝わっていないということは、十織家の当主たる終也も知らない訃報なのだ。

「螟は、次の当主となるはずだった男だ。当代では、最も優れた未来視の力を持っていた。だから、あいつの死は、八塚にとって一大事だったわけだ。いずれ知られるとは思うが、まだ他家には隠されている。この頃、八塚の連中が大人しいのは、そのせいだな。神迎にも不参加だったくらいだ」

そういえば、神迎のとき、不参加の家があった、と終也は零していた。それが八塚だったのだろう。

「大丈夫ですか？　八塚が秘密にしていることを、わたしに教えて。わたしは十織の人間ですよ」

「だが、俺の友人でもあるのだろう？　……たぶん、俺は、誰かに螟のことを知ってほしかったんだ」

　志貴は笑う。親友と同じように、火傷を忌避しなかった真緒だからこそ、彼のことを教えたかった、と。

「良い友人だったんですね」

「最高の友だった。それに、遺してくれたものがあったから、あまり哀しくはないんだ」

　そう言った志貴の顔は、故人を語るにしては、晴れ晴れとしていた。その死を受け止めて、遺されたものを大切に抱きしめている。

　亡くなった人が、遺してくれたもの。

　そんな話を聞いたら、どうしても、穂乃花のことが頭に浮かんだ。

（穂乃花様は、何かを遺したい、とは思わないのかな）

　これから死にゆく穂乃花は、威月に何かを遺すのだろうか。

　遺したいと思っているのか、それとも何も遺したくないのか。

◇◆◇◆◇

終也の眼前には、殺風景な部屋が広がっていた。調度品もわずかで、ほとんど生活感はない。これが神在(かみあり)の当主の部屋と言われたら、真っ先に疑ってしまう。

「そんなところに立っていないで、楽にしてくれ」

威月に促されて、終也は腰を下ろした。

終也は一人、威月に呼び出されていた。

穂乃花と面会している真緒のことが気がかりではあったが、終也がいたところで、力になれることはない。

終也は、機織としての真緒を信頼している。

真緒から助けを求められたら応えるが、無遠慮に口を出して、彼女の矜持(きょうじ)に水を差す真似(まね)はしたくなかった。

(それに、この人は、穂乃花様と僕を会わせる気はないのでしょう)

威月は、穂乃花と面会するのは、あくまで死装束(しにしょうぞく)を織る真緒だけ、と言った。おそらく、終也が口を出すことも認めない。

威月が必要としているのは、花絲(はないと)でいちばんの機織――《織姫》だけだ。

それで構わなかった。今回の終也は、あくまで真緒の付き添いだ。

彼女ひとりを行かせるのが心配だったこともあるが、十織の当主が付き添うことで、彼女を蔑ろにしたら十織が黙っていない、と示す意味もあった。

「ご用件は、何でしょうか？」

いささか冷たい物言いになってしまったのは、威月に対して、思うところがあったからかもしれない。

「少し話がしたかっただけだ。機織が穂乃花のところにいる間は、お前も暇を持て余しているだろう？」

「僕も、あなたに話したいことがありました。志貴様が滞在されているのならば、先に教えていただきたかったです」

終也の脳裏(のうり)に、赤い髪をした男の顔が浮かぶ。

(皇子が滞在しているなど、予想できないでしょう)

常ならば、二上の領地で遭遇(そうぐう)するはずのない男だ。

志貴。最も帝位に近いとされる、帝にとっては末子にあたる皇子。

「志貴様の立場を思えば、うかつに他家の者に話すわけにはいかなかった。それも、あの方は療養のために訪れているからな」

「事情は分かります。まして、志貴様が、あのような火傷を負ったことは、隠されていたのでしょう？　……けれども、困るのです。十織は、二上と違って、帝や宮中とはあまり良い関係性ではありません。不用意に、皇子とは関わりたくないのです」

可能ならば、皇族とは距離を置きたい。志貴のように、次の帝位に絡んでくるような皇子となれば、なおのことだった。

終也の望みは、穏やかで幸福な生活だ。真緒がいる十織を守ることだった。

一ノ瀬あたりのように、宮中の権力闘争に首を突っ込むつもりはない。

「十織は、お前の父が無理をして、薫子様を娶った経緯があるからな」

「威月様は、父と親交があったのでしたね」

「同じ神在の当主として親しくしていた。白牢は、さほど花絲とは距離が離れていないから、交流はあったつもりだ」

終也は、家族のなかでは、いちばん父との思い出が多かった。離れて暮らしていたが、いつも気にかけてくれた人だ。

ただ、十織家の当主――神在の一族としての父のことは、あまり知らない。

父が事故死したことによって、終也は帝都から、急遽、花絲に呼び戻された。

当主としての父から学ぶこともできぬまま、先祖返り（せんぞがえ）という血の濃さを理由に、十織家の当主となったのだ。

家の仕来たり、儀礼、あらゆることは、十織家で育てられていた弟妹の方が詳しく、当主としての父のことも同じだった。

「綾（りょう）が織ったものが、たくさん二上にもある」

十織綾。それが十織家の先代――終也の父であり、かつて花絲の街で一番と謳（うた）われた機織の名であった。

「父にも、依頼を？」

「穂乃花のものは、花絲から調達することが多かった。綾と親しくなってからは、ほとんど綾に頼んでいた。……穂乃花が嫁（とつ）いだとき、宮中から持ち込んできた衣は、使い物にならないものばかりだったからな」

「……？　さぞかし、立派な嫁入り道具だったのでは？」

今上帝の娘であった終也の母が、そうであったと聞く。先帝の娘であり、今上帝の妹でもある穂乃花にも、立派な嫁入り道具が用意されていたはずだ。

当時のことを思い出してか、威月は溜息をつく。

「美しい衣ではあった。だが、そうだな。まるで呪いのようだった」

「呪いのよう、ですか？」

威月は頷（うなず）くだけで、詳細を語らなかった。だが、彼がここまで強く言うのだから、よほど酷（ひど）い代物（しろもの）だったのだろう。

衣裳としては立派でも、きっと呪いのように悪意が込められたもの。

「綾が亡くなったことを残念に思う。あれは腕の良い機織だったから。葬儀のときも、悪い夢を見ている、と思ったくらいだ」

「父の葬儀に、参列してくださったのですか？」

「ああ。お前とも会っている」

終也は、つい言葉を詰まらせた。

あの頃は、帝都から花絲に呼び戻されたばかりだったうえ、母との確執もあって、心身ともに疲弊（ひへい）していた。

当時の記憶は、虫食いされた葉のように、ところどころ穴だらけなのだ。

暗がりで、幼い真緒と出逢（であ）った夜のことは鮮明に憶えている。しかし、それ以外の記憶は、はっきりと思い出せないことも多い。

父の葬儀についても、正直なところ曖昧（あいまい）だった。

「申し訳ありません。何か、ご無礼を？」

「いいや。立派だと思った。突然、当主を亡くしたわりに気丈に立っていたからな。だが、生前の綾から、お前のことを聞いていたから心配でもあった。先祖返りは、人の世では生きづらいだろう？」

先祖返りは、神様の血が特別、色濃く出てしまった者だ。

神の血が濃いからこそ、人との隔絶が生まれる。かといって、人の血も混じっているからこそ、儘ならない孤独を抱えてしまう。

終也は知っている。終也が生まれるよりもずっと前、それこそ百年は昔、十織に生まれた血の濃い子どもは、自ら命を絶った。

自らに流れる神の血に、その心が耐えられなかったのだ。

「それでも、僕は、人の世で生きてゆくつもりです。僕の好きな子は、神様と人は、手を取りあって一緒に生きてゆく、と言う。だから、この血を理由に、人の世に背を向けたくはありません」

「いつか、その好きな女にも置き去りにされるぞ」

「たとえ、置き去りにされる未来が待っていても、僕は人の世で生きたい。真緒がいなくなっても、真緒と生きた世は続いてゆくのですから」

いつかの別れを思うだけで、胸が張り裂けそうになる。ずっと一緒にいると約束しても、死が二人を分かつときは訪れる。

きっと、容易には死ぬこともできない終也よりも、真緒の方が先に逝く。

「僕は、独りが、とても寂しいものであると知っています。心が痛くて、寒くて、耐え難いものだと分かっています。でも、真緒と生きた時間があれば、僕は孤独にはならないと思うのです」

「遺るものがある、と？」

「はい。だから、それを抱いて、僕は生きてゆきます。真緒が死んだ後も」

終也は、真緒が死んだら抜け殻のように余生を過ごすと思っていた。胸にぽっかりと穴を空けたまま、立ち直ることができないまま屍のように生きる。

だが、最近は少し違うのかもしれない、と思っている。

(真緒と過ごした記憶が、真緒がくれたものが、きっと僕を独りにしない)

威月は目を伏せる。雪のように真っ白な睫毛が、青ざめた頬に影を作ったとき、終也は思った。

表情こそ動かないが、この男が憂えている、と。

「穂乃花は、俺に遺してくれると思うか？」

「僕は、穂乃花様にお会いしたこともないので分かりません。……でも、何かを遺してほしい、と願うのならば、そのための努力をするべきではありませんか？　真緒ではなく、あなたが」

真緒が、穂乃花と威月の仲を取り持とうとしていることは、立派なことだった。終也は、そういった真緒の優しいところが好きで、大事にしてあげたい。

それは、機織としての、真緒の矜持にも関わることだから。

ただ、それとは別に、二上夫妻の仲を取り持つことは、真緒がするべきことなのか、と思ってしまう心もあった。

（いまの白牢には、志貴様もいますからね）

一刻も早く、真緒を連れ帰りたい、と考えてしまう。

真緒と志貴が二人でいるところを見たとき、目の前が真っ暗になるほどの恐怖を覚えた。もし、志貴が、真緒に好意を抱いてしまったら、と想像した。

何せ、終也が駆けつけたときには、すでに二人は打ち解けていた。終也が訪れる前に、二人の間に何かしらの遣り取りがあった。

志貴という男が、真緒に興味を持つような何かがあったのだ。

「怒っているのか？　今の顔は、綾とも似ていたな」

　威月は首を傾げて、気の抜けるようなことを言う。

「僕は、もともと父似ですよ」

「顔の造形というよりも、表情が似ていた。綾は、怒らせると、そういう表情になったものだから」

「父を怒らせるなんて、よほどのことをしたのではありませんか？」

「俺は、言葉の足りない男らしい。だから、綾には、きちんと言葉にしろ、と怒られたものだ。懐かしいな。今も生きていたら、穂乃花の死装束を織るのは綾だったろうな」

「僕の妻では、不足ですか？」

「不足とは思っていない。十織にとって、機織がどれだけの重みを持つのかも分かっている。お前の妻がいてくれて良かった。それに、十織が、変わらず二上の依頼を受けてくれたことにも感謝している」

「感謝？」

　十織は依頼があったから、相応の対価と引き換えに応じただけだ。他家と同じように、取引先のひとつとしてあつかっただけで、特別、感謝されることではない。

「もしや、知らないのか？　綾が亡くなったときのことを」

「事故でしょう？　依頼主のところから帰るとき、落石事故に巻き込まれた、と聞きます。

当時は、ひどい悪天候だったらしく」

「その依頼主は、俺だった」

終也は息を呑む。喉の奥に、異様な渇きを感じる。

（だから、志津香は言ったのですね。母様には、僕たちが二上に行くことを黙っている、と）

父は、白牢に旅立ち、花絲に帰ることができなかった。母の胸には、そのときの絶望が、今もなお巣くっているのだ。

「穂乃花の体調を思うと、穂乃花を動かすわけにはいかなかった。だから、二上から依頼するときは、いつも綾が白牢まで来てくれた。今のお前たちと同じだ」

「父は、二上からの帰路で亡くなったのですね」

威月は頷くと、当時のことを思い出すよう目を伏せた。

「白牢を出たあと、花絲に帰る道中、事故に巻き込まれたと聞く。だが、俺には信じられなかった。綾は、慎重すぎるくらい慎重な男だったからな。悪天候のなか、無理をして移動すると思うか？」

終也はゆっくりと瞬きをする。

「それは……」

「訃報を知ったときに驚いた。綾を知るならば、あり得ない事故だ」

終也は、威月が何を言いたいのか察した。

「事故が、事故ではなかった、と？」

その可能性を、終也は今まで考えたことがなかった。

父は事故死だった。それが十織家における認識だった。人の悪意が噛んでいるとしたら、理由は何だろうか。

「他家のことに、口を出すべきではないのだろう。だが、友として、やはり綾の死には、疑念を抱かずにはいられない。そのことを伝えるべきだと、ずっと思っていた」

終也は顔を歪める。

（もし、父様が、誰かの悪意で殺されたとしたら）

それだけの悪意を抱かれる原因が、父か、あるいは十織家そのものにある。それを知らないままでいたとき、何か取り返しのつかないことが起きる。

終也には、そんな風に思えてならなかった。

真緒が部屋に戻ったとき、すでに夜のとばりが下りていた。

先に戻っていたのか、終也は戸口に背を向けるように座っていた。

（寝ちゃったのかな？）

ぴくりともしない彼に、忍び足で近寄った。両膝をついて、下から覗き込むように、終也の顔を見上げる。

長い睫毛に縁取られた瞼は、かたく閉ざされていた。眠っている顔すらも、起きているときと変わらず美しく、何処かつくりものめいている。

人間離れした美しさは、そのまま終也に流れる神の血を意識させた。

思わず、真緒が手を伸ばしたときのことだった。

ぱちり、と瞼が開かれる。あらわになった緑の瞳が、真緒の姿を映していた。

真緒は驚いて、勢いよく手を引っ込めてしまう。その様子が面白かったのか、終也は喉を震わせるように笑う。

「驚かせてしまって、すみません。おかえりなさい、真緒」

終也の片手が、真緒の頬に添えられる。

気づけば、真緒は甘えるように、その手に頬をすり寄せていた。終也の手は、真緒に怖いことをしない。だから、いつだって安心して身を委ねることができた。

「ただいま。終也の手、あったかいね」

屋外にいたことで、芯から冷えてしまった身体には、終也の温もりが心地よかった。

「僕は、どちらかと言えば、冷たい男なのですけれどね。さて、僕の機織さんは、どちらに行かれていたのでしょうか？　こんなにも冷えてしまって」

「しばらく、館の外に出ていたの。最初は二上の子たちと話していたんだけど、後から志貴様にも会って」

「志貴様に？」

終也の声音が、わずかに落ち込む。不思議に思いながらも、真緒は続ける。

「お友達になったの。終也と恭司様みたいに」

「君に友人ができるのは嬉しいことですけど。志貴様、ですか。いったい、何をどうしたら、あのような御方と、お友達に？」

「お話ししただけ、だけど。……あのね、志貴様は、昔のわたしや終也と似ている気がするの」

似ているから、放っておくことができず、志貴のことが気になってしまう。

「君や僕とは、生まれも育ちも違う御方ですよ。僕には、あの人が痛みを知らないように見えてしまう。虐げられたことのない、生まれながらの勝者に」

「ぜんぶ持っているように、見える？」

終也は、長い睫毛を震わせた。

「もちろん、そうではない、と頭では分かっていますよ。その人には、その人の苦しみがある。外からは計ることのできない苦悩があるものですから」

外から計ることのできない苦悩。

それこそ、穂乃花が抱えているもののように。

「穂乃花様も、そうなのかな」

真緒は、穂乃花との遣り取りについて話す。

二上に嫁いだとき、自分には先帝の娘としての価値がなかった。厄介払いのように嫁がされたから、自分は威月にふさわしくない。

そんな風に、彼女が卑下していたことを。

「きっと。威月様から気になることを聞きました。穂乃花様が嫁いだとき、嫁入り道具の中には衣もあったそうです」

「皇女様の嫁入り道具なら、とっても綺麗だったんだろうね」

「ええ。それは美しい衣だったそうです。けれども、まるで呪いのようだった、と」

「呪い？」

皇女の嫁入り。そのような慶事にはふさわしくない、あまりにも不穏な言葉だった。

「悪意が込められていた、ということでしょう。だから、威月様は、たくさんの衣を穂乃花様に贈っていたようです。父が織ったものもあるそうですよ」

「威月様は、呪いじゃないものを、穂乃花様に与えたかったんだね」

穂乃花の嫁入り道具が、どれだけ美しい衣だったとしても、そこに込められた悪意を見過ごせなかったのだ。

穂乃花に向けられた悪意に、誰よりも怒っていたのは、威月なのかもしれない。

（やっぱり、威月様も、穂乃花様のことが大好き）

ふたりは互いを想っているのに、こんがらかった糸のように、もつれて、すれ違ってしまっていた。真緒はそれを解きたかった。互いの気持ちが、真っ直ぐに相手に届いて、受け止めてもらえるように。

「終也？」

ふと、終也が悲しそうな顔をしていることに気づく。彼は何かを言いたそうにしながらも、堪えているようだった。

　真緒の視線に耐えられなかったのか、彼は降参したように唇を震わせる。

「嫉妬（しっと）していると言ったら、困りますか？」

　真緒はゆっくりと瞬きをする。

「困らないけど。誰に？」

「いろんな人に。威月様や、穂乃花様。あとは、志貴様でしょうか？　君の優しいところが好きです。でも、君が僕ではない誰かに心を砕（くだ）くとき、優しさを向けるとき、苦しくなることがあります。それが素晴らしい行為と分かっていても」

　真緒にしてみると、それは不思議な嫉妬だった。

「終也は知らないのかもしれないけど。わたしが誰かに優しくできるのは、たくさん終也に優しくしてもらったからだよ。――優しくしてもらったから、同じことをね、誰かにしてあげたいって思えるの」

　真緒の根っこには、いつも終也がいる。

　暗がりで出逢（であ）ったときも、十織家の機織として迎えられてからも、終也から与えられた優しさが、真緒の中には息づいている。

　だから、終也が真緒を優しいと思うならば、それは彼が優しくしてくれたからだ。

「それでも、嫉妬しちゃう？」

下から覗き込むように、終也に顔を近づける。

「分かりません、やっぱり嫉妬してしまうかも。でも、君がそう言ってくれるのは、とても嬉しいです。……だって、僕も同じです。君から優しいものを与えてもらったから、人の世で生きてゆけるのです」

「おそろい？」

真緒も同じように、終也に優しいものを与えることができたのだろうか。そうであったならば、心から嬉しく思う。

真緒たちが二上に滞在してから、三日ほどが過ぎた。

穂乃花に会うなり、真緒は気づく。

「十織で、織られたものですか？」

穂乃花は驚いたように、目を丸くした。

「分かるものなのね。そうよ、威月が十織の先代に頼んだもの」

穂乃花が羽織っている打掛は、十織の糸で織られたものだった。刺繍と見まがうような精緻な花々が、いくつも織りあげられている。

終也のもとに嫁いで、十織邸で暮らすようになって一年が過ぎた。その間、真緒は歴代当主が紡いできた糸や、織ってきたであろう反物、そこから仕立てられた様々な衣裳等を目にしてきたので、見間違えることはない。

真緒の目は、七番目の神様から貰った特別なものなので、なおのこと。

穂乃花は、ゆっくりとした動きで打掛を撫でる。彼女の表情は、それを贈られた当時を懐かしんでいるというより、何処か自信のない、後ろめたいようなものに見えた。

「穂乃花様は、その打掛も自分には過ぎたもの、と思っていませんか？」

穂乃花は、寂しそうに目を伏せた。

そんな顔をさせてしまったことに、ひどく胸が痛んだ。しかし、真緒は続ける。

「威月様がしてくれることを、ぜんぶ、そう思っているんじゃないですか？　自分には、ふさわしくないって」

「そうね。……ねえ、十織の機織さん。私は、とても怖くなるの。威月から与えてもらってばかりだったことが、釣り合いがとれていないことが」

「釣り合い。威月様と、穂乃花様の？」

「若い頃ならば良かったのよ。だって、未来があった。こんな私でも、いつか威月に与えられるものがあるかもしれない、と夢を見ることができた。でも、いまは違う」

　穂乃花は睫毛を震わせて、一筋の涙を流した。

「死ぬことは怖くない。でも、今まで生きてきた道のりを振り返ったとき、威月に何も与えられなかったことが怖くなったのよ」

　何も与えられなかった、と穂乃花は言うが、本当にそうなのだろうか。威月とて、そんな風に考えているのならば、十織家に依頼することはない。

「夫婦は対等なものです。だから、一方的に与えられるばかりじゃない。穂乃花様が、威月様から与えられたって思うのなら っ……！　穂乃花様だって、威月様に何かを与えているんだと思います」

　昨夜、終也と話したことが浮かんだ。

　真緒と終也は、互いに優しいものを与えあっている。一方的に差し出すのでも、搾取されるのでもなく、手を取り合って、隣で生きているのだ。

　威月と穂乃花とて、決して、一方的な関係性ではないはずだ。

　声を震わす真緒に対して、穂乃花は困ったように微笑む。真緒の言葉は、いまの穂乃花の心には響かないのだ。

「また、明日も来ますね」

穂乃花のもとを去って、真緒は静まりかえった館を歩く。

吹きさらしの廊下にさしかかると、今にも沈みそうな夕日が、真緒を急き立てるように差し込んでくる。

（どうしたら、穂乃花様にも伝わるのかな）

真緒たちが、白牢に滞在できる日は限られている。穂乃花の容態とて、春までは持たないほどに弱っているのだ。

穂乃花が逝く前に、二人にとって一番良い形を見つけたい。

ふと、宙を見上げた真緒は、館を囲っている塀の向こうに違和感を覚える。幹が太く、背の高い樹木がいくつも並んでいるのだが、そこに人影があったのだ。

（女の子？）

樹木の天辺に、小さな女の子が立っていた。

真緒の目ならば視認できる。だが、夕方の薄暗さもあって、常人ならば少女を見つけることは困難だろう。

それほど高い場所に、何の命綱もなく、少女は立っていた。

（誰か、呼んでこなくちゃ）

二上の子どもたちは、神の血を引くだけあって、神無の人間よりもずっと身体能力が高い。それでも、あの高さから落ちたら、無事ではいられないはずだ。

「どうした？　そんなところに立って」

はっとして顔を向ければ、少し離れた場所に志貴が立っていた。

「志貴様！　女の子が！」

「……俺には見えないが、また木登りでもしているのか？」

志貴はゆっくりと真緒の隣まで歩いてきた。夕闇に目を凝らしたものの、何も見えていないらしい。

「わたし、威月様を呼んできます。あんなところから落ちたら、怪我を」

「その必要はない。さっさと降りてこい！　いるのは分かっているんだ。また威月に言いつけるぞ！」

志貴が叫ぶと、木の天辺にいた少女の視線が、真緒たちに向けられる。

彼女は不機嫌そうに頬を膨らませた後、木の天辺から、勢いよく飛び降りた。

思わず、真緒は声にならない悲鳴をあげる。

地面に落ちて、ぺしゃんこになってしまう少女の姿が浮かんだ。だが、そのような悲惨な光景は訪れなかった。

少女は、枝と枝を飛び交うように降りてきた。そうして、館にぐるりとまわっていた塀を飛び越えて、難なく敷地内へと着地した。

「もう！　志貴様に気づかれるなんて思わなかった！」

「気づいたのは俺じゃなくて、真緒だが」

「十織のお姉ちゃん？　ふうん、見えるんだ。すっごく目が良いんだね？」

「危ない真似はしちゃダメだよ。みんな心配するから」

「そうだな、おてんばも大概にしろ。お前、次の長だろうが」

「長になるのなんて、ずっと先の話だもん。威月様が生きているうちは、あたしには順番なんて回ってこないし。今から言われても分かんないよ」

少女は拗ねたように、狼の耳を揺らした。真っ白な毛に覆われた獣の耳は、威月と同じように、二番様の血を感じさせる。

二上の一族にいる子どもたちのなかでも、きっと、彼女は特別、神様の血が濃い。

「次の長ってことは、威月様のお孫さん？」

威月の年齢を考えれば、娘にしては幼すぎる。孫娘といったところか。

「違うよ？　親戚だけど」

「威月に、孫はいない。神在にしては珍しく、あの夫婦には子どもがいないからな」

志貴が苦笑とともに補足する。

真緒は、当然のように、威月には子がいると思っていた。

終也がそうであるように、神在の当主は、血を繋ぐことを求められる。神の血を後世に遺すことは、その家が所有する神を、後世に繋ぐための手段のひとつでもあった。

（子どもがいても、いなくても、誰かに咎められるようなことじゃない。でも、神在としては、血を遺すことだって求められるから）

そうしなくては、此の国は《悪しきもの》を封じることができず、亡びの運命を避けることができない。

「子どもがいないと、ダメなの？」

少女は不安になったのか、泣きそうな声で問うてくる。

「ううん。ダメなんかじゃないよ。誰かに、ダメ、なんて言われることじゃない」

子がいても、いなくても、誰かに非難されることではない。

その人の在り方を咎めることも、無理に変えようとすることも、本来ならば許されないことなのだ。

ただ、神在に生まれた者は、自分の望むような在り方をできない者が多い。生まれや血に縛られて、最初から在り方を決められているのが、神在というものだ。

（穂乃花様は、もしかしたら）

人生を振り返ったとき、威月に何も与えられなかった、と彼女は言った。その中には、もしかしたら、子どものことも含まれていたのかもしれない。

「そうだよね。あたしたち、みんな穂乃花様の子どもみたいなものだから。ダメなことなんて、ひとつもないよね」

少女は安心したように、頬を綻（ほころ）ばせる。白銀の瞳は、穂乃花のことを思って、優しい輝きを宿していた。

それだけで、二上という一族で、穂乃花が大事にされていたことが伝わってくる。

「穂乃花様のこと、大好きなんだね」

「うん。みんな、穂乃花様のこと大好き。あたしも、たくさんお世話してもらったし、あたしの父さんも母さんも同じ。いっぱい優しくしてもらったの。――だから、会いたいの。長は、ずっと穂乃花様に会わせてくれないから」

「それで、こっそり忍び込もうとしたわけか。威月には黙ってやるから、さっさと里に戻れ。バレたら、それこそ会わせてもらえないぞ」

「志貴様は良いよね。長の館にいるから、いつでも会えるんでしょ」

「いつでも、は違う。たまに話し相手になるくらいだ」

「あたしは会ってもいないんだよ？　ずるい」

「ずるいも何も。俺とお前では、立場が違うからな。それに、ずるいなら、真緒の方も同じではないか？」

「お姉ちゃんは良いの。だって、機織さんなんだよね？　長が、穂乃花様のために、お招きした。志貴様は違うでしょ、押しかけてきただけ！　穂乃花様が優しいから、我儘を言って白牢まで来たんでしょ」

真緒は、捲し立てる少女の瞳が潤んでいることに気づく。志貴に対する言葉は、すべて彼女自身の焦りの現れなのだ。

穂乃花に会いたいのに、会うことが許されないから、志貴に怒りをぶつけてしまう。

「ねえ。お手紙を書いたら、どうかな？」

真緒の脳裏には、夫と義母のことが浮かんでいた。いまだ、直接は顔を合わせることが難しい二人は、手紙を通して、言葉と心を交わそうとしている。

真緒は、双方に手紙を届ける役目を担っている。だから、真緒にとって、会うことのできない人との交流は、手紙によって行われるものだった。

「お手紙って、どういうの？」

少女は不思議そうに言う。

「こいつら、そもそも里から出たことがないから、手紙なんて知らないだろう。里の中だけなら、会いに行けば済むからな」

真緒はかがみ込んで、少女と視線を合わせる。

「穂乃花様に会って、お話ししたいことを紙に書くの。会えなくても、大好きな気持ちが伝わるように」

「会えなくても、伝わるの？」

「かえって、直接会うよりも伝わるかもしれないぞ。手紙は、その人の心が顕れるものだからな」

志貴は、真緒の提案を後押しするように言った。

きっと、真緒よりも、志貴の言葉の方が、少女の胸には響くだろう。彼は、真緒たちよりも長く白牢にいるので、二上の子どもたちとも交流が深い。

少女は目を輝かせると、何度も頷いた。

「みんなで書いてくる！」

彼女は、くるりと背を向けた。そのまま軽々と塀を跳び越えて、館から里へ向かってしまった。

まるで嵐のような少女だった。

「良いのか？　簡単にあのようなことを言って。後押ししておいて何だが、手紙を持っていったところで、穂乃花様に渡る前に、威月が処分してしまうかもしれない」

「威月様は、許してくれますよ」

心から、穂乃花のことを大切にしている人だ。彼女の気持ちを慰めるであろう手紙を、勝手に処分したりしない。

志貴は意外そうな表情で、首を傾げた。

「ずいぶん、威月を信頼しているのだな。あれは冷たい男だぞ」

「志貴様は、そう感じているんですね。でも、威月様が、穂乃花様のことを大切にしているのは、見れば分かりますよね？」

「お前の言う《大切にしている》は、穂乃花様が白牢にいる時点で間違っている。ここは穂乃花様にとっては、とても良くない場所だ。心から大切に想うならば、手放してやるべきだろう？」

穂乃花は、もともと身体の強い人ではない。白牢で暮らすことは大きな負担であり、病に臥せっている今は、なおのことだった。

「それは」

「帝は、何度も打診している。穂乃花様を宮中に戻すことを」

「二上は、それを拒（こば）んだんですか？」

「建前（たてまえ）上は、穂乃花様が拒んだことになっている。だから、帝も強く出ない。帝は、息子や娘のことは粗雑にあつかうくせに、同じ母から生まれた妹には情があるわけだ。……宮中ならば、珠のように大事にされる姫君だ。本来、こんな雪に呑（の）まれた土地に閉じ込められる人ではない。穂乃花様の最大の不幸は、二上に嫁（とつ）がされたことだ」

「志貴様の言っていることも、分かります。でも、わたしは、やっぱり。穂乃花様は、威月様から大切にされていたと思うんです」

だから、穂乃花が白牢にいることも、彼女が選んだ結果なのだと思う。二上によって、無理やり留められているのではなく、彼女が望んで、威月の傍にいるのだ。

「ずいぶん、威月たちに肩入れするのだな。あまり踏み込むのはおすすめしない。部外者が首を突っ込んでも、ろくな結果にはならない」

「何もしなかったら、ずっと苦しいままです」

「そういうのを、要らぬ世話とか、お節介（せっかい）と言う」

「そうかもしれません。でも、わたしは機織として、威月様の気持ちも、穂乃花様の気持ちも、無視したくないんです」

無視してしまえば、真緒は大事なものを失う。真緒の根っこにある、機織としての誇りや、想いを蔑ろにすることになる。

終也が信じてくれる、機織としての真緒を損なってしまうのだ。

志貴は溜息をつく。

「友人としての忠告だったのだが」

「忠告は嬉しいです。でも、ごめんなさい」

志貴は、何も意地悪をしているわけではなく、真緒を気遣ってくれているだけだ。それでも、真緒にも譲ることのできないものがあった。

「謝るな。そういうところも、俺の親友と似ているから困る」

「螟様？」

志貴の親友だった男は、八番様を有する、未来視の神在に生まれた。遠い場所に旅立ってしまった、今は亡き人でもあった。

「螟も、一度決めたら、何を犠牲にしても貫いてしまうところがあった。何か協力することはあるか？」

「協力？」

「察しが悪いな。手伝ってやる、と言っている。これでも、穂乃花様とは血が繋がっているから、知りたいことがあれば教えてやれる。皇族周りのことなら、お前の夫よりは、いろいろと詳しいつもりだ」

「良いんですか？」

「療養中は、暇で仕方ないからな。何でも聞いてくれ」

志貴はそう言うが、暇だから、真緒に協力してくれるわけではない。きっと、友人としての厚意から、手を差し伸べてくれるのだ。

「あの、気になっていたことがあって。穂乃花様は、先帝から嫌われていたんですか？」

厄介払い（やっかいばら）いのように二上に嫁がされた、ということが、頭に引っかかっている。皇女の身でありながら、そんな風に言うことが不思議だった。

「ふうん？　はじめて、ですか？」

「はじめて聞いたな」

「宮中には、古くから仕えている連中もいるから、俺だって昔の話は聞いている。そもそも、俺を産んだ女は、そういった一門の出身だからな。……ただ、穂乃花様が先帝から嫌われていた、といった話は知らない。むしろ可愛（かわい）がられていたはずだが」

真緒は戸惑いを隠せなかった。

穂乃花や威月が語っていることと、矛盾（むじゅん）してしまう。

「可愛がられていたから、当時、宮中の人間は驚いたそうだ。どうして、二上なぞに嫁がせるのか、と」

「もっと良い嫁ぎ先があるのに、どうして、って思ったんですね」

「そのとおり。神在に嫁がせるにしても、二上には嫁がせない」

血の繋がった娘だ。それも、穂乃花を見るに、誰かと衝突するような苛烈さは感じられないので、先帝と揉めるとも考えづらい。

（先帝は、どうして穂乃花様を嫌ったんだろう？）

可愛がっていた皇女に、掌を返すような悪意を向ける。おそらく、その原因となる出来事が、先帝と穂乃花の間にはあった。

そして、志貴が知らないならば、それは隠された出来事なのだ。

「志貴様は、穂乃花様とは、どれくらいの付き合いなんですか？」

「付き合い自体は、俺が幼いときからある。あまり詳しいことを言っても、お前には伝わらないだろうから省くが。俺を産んだ女は、穂乃花様の母親と同じ一門の出身だ。俺と穂乃花様は、甥と叔母の関係でもあるが、そもそも母方の親戚でもある」

真緒はふんわりと理解する。ずいぶん入り組んだ血筋ではあるが、母親同士も血の繋がりがある、ということだろう。

「昔から仲良しだったんですね」

「はは、そうだな。仲良しのつもりだ。宮中と白牢は、容易に行き来ができる場所ではないから、顔を合わせる機会は少なかった。ただ、穂乃花様は優しい人だからな、手紙の遣り取りだけは続いていたんだ」

志貴が、白牢を療養先として選んだ理由の一つは、穂乃花にあるのだろう。幼いときから優しくしてくれた叔母がいるから、この土地に来たのだ。

「穂乃花様に、ふさわしいものを織りますね。……もちろん、穂乃花様が良いよって、言ってくれたらですけど」

真緒は拳を握って、今一度、気を引き締める。

(穂乃花様は、たくさんの人に想われている。威月様にも、二上の一族にも、志貴様にだって。皆から大切にされている人だから)

たくさんの人々の想いが、穂乃花のことを守ってくれるように、死出の旅路にふさわしいものを織りあげたい。

――穂乃花の心が、そのことを受け入れてくれるのならば。

穂乃花と話していると、心の底から、死装束の件を嫌がっているとは思えないのだ。

威月の申し出を嬉しく思っているが、自分に引け目があって、受け入れられずにいる。

「ああ。威月が、穂乃花様の死装束を頼んでいるのだったな。……俺からも頼む。俺は、あの人が白牢に嫁いだことを不幸だと思っているから、せめて、最期くらいは、安らかに旅立ってほしい」

志貴は片手を胸に引き寄せて、そっと目を伏せた。まるで、穂乃花との思い出を噛みしめるように。

「穂乃花様も、きっと嬉しいと思います。志貴様が、そう願ってくれて。二上の子たちの気持ちも、伝わると良いですね」

穂乃花は、自分には価値がないと思っている。だから、そうではないことを、彼女に伝えなくてはならない。

そこまでして、はじめて、威月の想いも届く気がした。

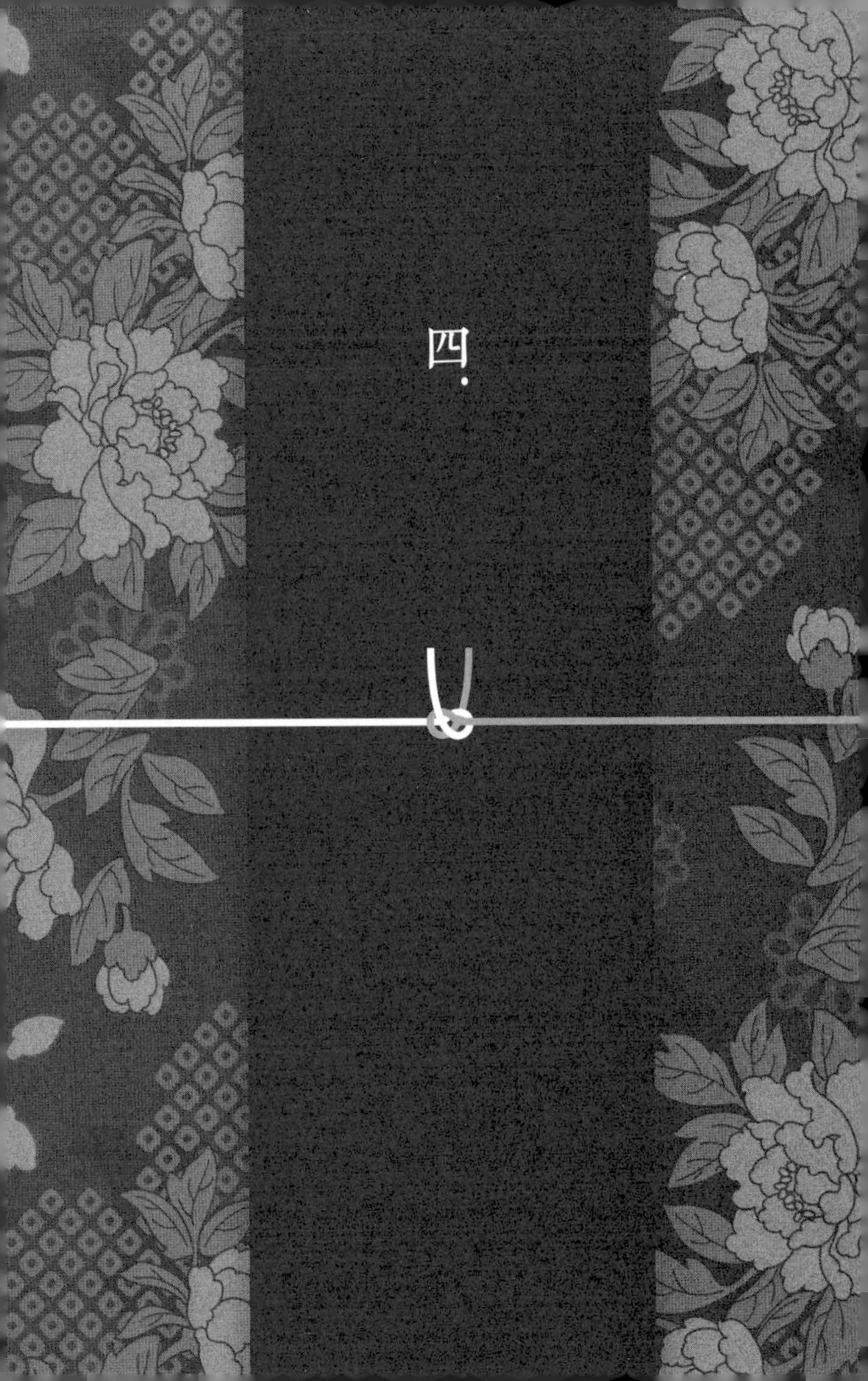
四.

薄暗い部屋に、淡い雪洞の明かりが灯っている。

一日中薄暗く、外界から隔絶された部屋は、いつ来ても代わり映えはしない。ただ、部屋の主のことを思えば、致し方ないのだろう。

外界の変化すらも、いまの彼女にとっては耐えがたい苦痛なのだ。

「いらっしゃい、志貴様」

志貴が、穂乃花のもとを訪れると、彼女は穏やかな顔で迎えてくれた。

この叔母のことが、志貴は昔から嫌いではなかった。顔を合わせる機会こそ少なかったが、文の遣り取りだけは続いていたからかもしれない。

はじめて手紙を送ったのは、幼い志貴の方だったと思う。周囲の人間に言われるがまま、父の妹であるという人に、渋々、書いたのが始まりだった。

そんな不誠実な手紙に対して、穂乃花は丁寧な返事を書いてくれた。

幼かった志貴は、それが嬉しくて、もう一通、もう一通、と手紙を出した。穂乃花の方も、欠かさず返事を書いてくれたうえ、時折、こちらを案じるような手紙を送ってくれることもあった。

たった一度で終わるはずだった手紙の遣り取りは、志貴が長じてからも、絶えることなく続いた。

いつだって、穂乃花は誠実に、志貴にも言葉を尽くしてくれた。

「邪魔をする。なんだ、元気そうだな？　前よりも、ずいぶん顔色が良い」

息をするように、志貴は嘘をつく。

今にも死にそうな顔色だったが、とても本人には伝えられない。いつ死んでも奇妙ではない、儚い人と知っているからこそ、口にしたくなかった。

志貴の挨拶に、穂乃花は柔らかに微笑んだ。

志貴と穂乃花は、父方の叔母と甥である以前に、母方の親戚でもある。だから、穂乃花の顔立ちは、志貴を産んだ女とも似ているのだが、ずいぶん柔和に映る。

穂乃花の気質が、穏やかで、優しいものであるからだろう。

（あの女とは、そもそもの性根が違うからな）

産んだ息子を、道具としてしか思っていなかった女とは違う。

「顔色が良いのは、機織さんと話しているからかもしれませんね。若くて、真っ直ぐなお嬢さんから、元気を分けていただいているのかしら」

「真緒のことか？」

「志貴様も、お会いになったのですね。不思議な方でしょう？　あの機織さんのような人は、宮中にはいらっしゃらないもの」

「素直で、裏表がなくて、良くも悪くも無遠慮で？　ああいうのは、物事をお綺麗な言葉で隠したがる宮中の連中とは、うまくいかない」

「ええ。だからこそ、眩しいのですよね」

穂乃花は困ったように眉を下げる。

「あの娘、平気な顔して、俺の火傷を触った。悪しきものに冒された、と言っても怯まなかった。俺は何も損なっていない、とまで言った」

「そう」

「損なったに決まっている。――母も、その一門の者たちも、俺が帝位争いから脱落してしまった、と掌を返したというのに」

今でも忘れることができない。悪しきものによる火傷で生死を彷徨い、どうにか生き延びた志貴に向かって、母が浴びせた一言を。

『お前なぞ、産まねば良かった』

幼い頃から、お前は帝になるのよ、と囁き続けた人は、掌を返したように、志貴に向かって呪詛を吐いた。

あの人にとっても、一門にとっても、志貴の価値は一つだけだった。

――次の帝となる、皇子であること。

志貴の心も、歩んできた道のりも、あの人たちにとっては意味をなさない。志貴の身に流れる血だけが価値あるものだった。

そのことに、このような火傷を負ってから気づいてしまったことが、笑ってしまうくらい滑稽だった。

（いや。気づいてしまったのではない。ずっと目を逸らしていただけ、なのか）

幼い頃から、見ないふりをしていただけで、心の何処かで理解していた。

志貴を産んだ女も、その一門も、次の帝になる皇子として志貴を持ちあげていた人々も、誰ひとり、ただの志貴のことなど見ていなかった。

「俺の価値は、帝位に最も近い皇子であることだった。この血にしか価値がなかった。……穢れた俺が、供もつけずに白牢にいる意味も、真緒は分かっていない」

何もかもに見捨てられて、見放されたから、志貴は一人で白牢にいるのだ。

いまの志貴には、守る価値もなく、守る意味もない。

志貴を担ごうとしていた人々も、志貴の命を狙っていた異母兄たちも、もはや志貴には無関心だ。志貴のことなど、帝位争いに敗れた者として切り捨てた。

それなのに、あの機織娘は、いまの志貴にも価値がある、と言う。

（螟。お前と同じことを言うんだ）

かつて、火傷に苦しんでいた志貴に向かって、親友がそう言ったように。

「血に価値がない、と私たちは、口が裂けても言えませんものね。それは神在も同じだというのに、あの機織さんにとっては違うのかしら?」

「違うのだろう。いや、血に価値がない、と思っているわけではなさそうだが、それよりも大切にしたいものがあるんだろうな」

真緒が強く信じるものは、血とは別のものだった。

赤い目に見つめられると、自分が丸裸にされて、何もかも見通されている気持ちになった。志貴の後ろ暗さも、醜さも、すべて露わにされるようだった。

地獄など知らないであろう女に、何もかも見通されていると思ったとき、心の表面をざらりとしたもので撫でられたようだった。

「機織さんを、好きになってしまわれた?」

「さて、どうだか。まあ、興味はあるが」

あの娘が、最後まで折れずに立っていられるのか。いつまで綺麗事を貫くことができるのか、志貴は興味があった。

「好きなんて、簡単には言えないものね。帝の血筋に生まれた人間は」

「そういうものを信じてないからな。……また来る、叔母上」

叔母上。それは、穂乃花の前だけで口にしてきた、特別な呼び方だった。

公の場で、叔母上、と呼ぶことは、帝が許さなかった。帝にとって、穂乃花は大切な妹だが、志貴は大切な息子ではないから。

（この人は、小さいときから俺のことを見ていた。俺の身に流れる血ではなく）

志貴は、血の繋がった相手として、自分を産んだ女よりも穂乃花のことを慕っている。

ほんの時折、それこそ穂乃花が神迎に来る威月に帯同してきたときくらいしか、顔を合わせることはなかった。

それでも、ずっと手紙を交わしていた相手だから、志貴にとっては特別な親族だ。

何もかもに見捨てられた志貴が、二上の地を療養先として選んだことは、穂乃花の存在も大きかった。

この地ならば、もう一度、力を蓄えられると思ったのだろう。

「こんな年寄りでよければ、いつでも話し相手になりますよ。……あなたにとって、私の存在は、大した慰めにはならないでしょうけど」

穂乃花は謙遜するように、控えめな声で言う。

穂乃花の部屋を出て、志貴は館の中を歩きはじめた。廊下の反対側から、見知った男が歩いてくるのを見つけて、片手を挙げた。

「終也（しゅうや）」

十織（とおり）の当主は、志貴の近くまで来ると、ゆっくり頭を下げてきた。

「止めろ、止めろ。ここにいる間は、楽にしてくれ」

形ばかり敬（うやま）われることも、今の志貴には耐えがたい。まして、十織終也からしてみれば、志貴は警戒する相手でしかないのだ。涼しい顔をしているが、腹の内で何を考えているか分かったものではない。

（妻と違って、夫の方はしっかりしている。真緒の話を聞いたときは神在らしくないと思ったが、違うな。やはり神在らしい男だ）

あの娘の方が、神在にいる者として異質なのだ。余所（よそ）から嫁（とつ）いできたからか、それとも、あの娘が特別なのか。

「妻が、たいへんお世話になったようですね。友人にしていただいた、と」

志貴は苦い顔をする。どうやら、真緒との遣（や）り取（と）りは筒抜（つつぬ）けらしい。

「なんだ、真緒は何でも話すんだな」

「後ろ暗いことがなければ、話しても奇妙ではないでしょう？」

「そうは言っても、疑われる、と思うだろう。普通は」

自分の夫に向かって、夫ではない男と友人になりました、と、よく言ったものだ。不貞（ふてい）

を疑われても奇妙ではない。

「僕は疑いませんよ。真緒は、そのこともよく分かっています」

「夫だろう？　気に食わないと思わないのか」

「あの子は、外の世界を知らずに生きていました。悪意ある人たちによって、そのように生きるしかなかった。だから、僕は、あの子の願いは叶えてあげたい」

「自分が、それを不快に感じても？　お前、俺のことを妻についた悪い虫くらいには思っているだろうに。どんなに、お綺麗な言葉で誤魔化(ごまか)したところで、俺と真緒が友人になったことが気に入らない」

「そうですね。でも、真緒の願いは、僕の願いにもなりますから」

「神在らしからぬことを言う。欲しいものは我慢できないのだろう？　恋をしたから」

「宮中で囲われていらっしゃった皇子様に、神在のことが、お分かりになるとは思えませんが」

「分かるさ、俺の友も、お前と同じだったからな。恋をしたなら、欲しいものを我慢できない。そのためならば何を犠牲(ぎせい)にしても良いと思っている。腹の中では、な」

終也は顔色ひとつ変えることなく、こてん、と首を傾(かし)げる。

「それの何が悪いのかも、僕には分かりません。だから、責められたところで、僕は傷つきませんよ」

それは亡くした友を思わせる、懐かしい感覚だった。

人の姿かたち、それも特別なほど美しい姿をしていながら、話していると、まるで人間ではない何かを相手にしている気分になる。

この男が、美しい男の皮を被っただけの、人ならざるものという証だった。

（十織の神は、大蜘蛛の姿をしているのだったか）

この蜘蛛のような男は、花嫁として迎えた機織を、大事に、大事に巣に留めている。彼女の意志を尊重する、気持ちを大事にしたい、と言いながらも、自分から離れていくことだけは許さない。

瞼の裏に、赤い目をした機織が浮かんだ。彼女は知っているのだろうか。その身にも、その心にも、たくさんの見えない糸が絡みついていることを。

十織終也は、彼女を留めるために、たくさんの糸を結びつけているはずだ。

「真緒は、宮中や神在にはいない女だな。お前の言うとおり、外の世界を知らずに育ったからなのか、呆れるほど情が深い。一途だ。ああ、そうだな。何というか、最後まで、ついてきてくれそうだ」

「最後？」

「地獄までついてきてくれそうな女だ。だから、あれが俺の地獄にいてくれたら、と想像してしまった」

「あなたの、地獄」

「宮中は地獄みたいなものだからな。そういうところで、あれほど一途に思ってくれる相手がいたら、都合が良い。絶対に自分を裏切らないから、使い勝手が良いだろう？」

「僕の妻なので、あなたの地獄には寄り添いませんよ」

「未来では違うかもしれない。先々のことを知るのは、八塚だけなのだから」

八番様。はるか遠い未来まで飛翔するという、未来視の蝶々。

志貴の親友が視ていたものを、志貴はかけらしか知らない。だが、そのかけらの向こうには、もしかしたら、十織の夫妻が離れ離れになる未来もあるかもしれない。

「どんな未来でも、あの子は僕の隣にいます」

「どうだろうな。もしかしたら、未来では、お前の妻のことは、俺が迎えているかもしれない。真緒を、妻として譲ってほしい、と言ったら？」

「あなたを殺してでも、あの子を守るでしょうね」

冗談でも、はったりでもないのだろう。志貴が何かをするよりも先に、一瞬で、この男は志貴の命を奪うことができる。

十織は、一ノ瀬や二上のような荒事にも特化した神在ではない。ただ、この男は先祖返りと聞くから、志貴では相手にならない。

大蜘蛛に身体を捩じ切られる光景を想像して、志貴は苦笑いする。

「皇子を殺したら、十織もただでは済まないが」

たとえ、今の志貴が、誰からも見放された皇子だとしても関係ない。皇子を殺したと言う口実さえあれば、帝は嬉々として神在を痛めつけようとする。

帝は執念深く、生きている間は、きっと神在への愛憎を捨てられない。神在を嫌いながらも、誰よりも神在のことを気にしている人だ。

（それこそ、誰かに殺してもらうくらいしないと、断ち切れないだろうよ。ご自分では、もう止まることができないのだから）

「真緒を奪われるくらいなら、僕は神在としての責務など捨てますよ。あの子がいるから、僕は神在として、正しく在ろうとできる。――だから、どうか僕に、そのような真似をさせないでください。忘れないでくださいね。あなたは真緒の友人であって、夫ではありません。未来永劫」

目を鋭くした美丈夫に、志貴は肩を竦める。

「怖い、怖い」

だが、怖いからこそ、神在には利用価値があるのだ。

◇◆◇◆◇

志貴の背中を見送って、終也は息をつく。

(気に入らない、とても)

あの皇子のことが、終也は嫌いなのだろう。真緒と自分の仲を、引き裂くかもしれないから、余計警戒してしまう。

滞在中の部屋に戻ると、壁に背を預けるようにして、真緒はまどろんでいた。膝を抱えて、すう、すうと寝息を立てる姿に、終也は堪(たま)らなくなった。

閉じ込められて、孤独に生きるしかなかった少女だから、外の世界を見せてあげたい。同時に、終也だけの真緒でいてほしい、という気持ちもあった。

どちらも本心だから、時折、終也は苦しくなるのだ。

「終也?」

びっしりとした睫毛(まつげ)が震えて、真緒は目を覚ます。終也を目にした途端、嬉しそうに頰(ほお)を綻(ほころ)ばせていた。

真緒の隣に腰を下ろして、小さな肩に頭を預ける。

「さっき、志貴様と会いました。君のことも話しましたよ」

「わたしのこと？」

「あの御方は、ずいぶん君を気に入っているようでした。……正直、志貴様とは仲良くしないで、と言いたくなる気持ちもあります。でも、君に友人ができることは、良いことだと思っています。僕も、友人には助けられてきたので」

「恭司(きょうじ)様みたいな？　仲良しだもんね」

「君がそう思うのなら、仲良しなのかもしれませんね。恭司は、いざとなったら僕のことは切り捨てると知っていますけれど」

恭司のことは、友として信じている。

だが、特異な立場にある男だから、信頼できることと、そうでないことは分けているつもりだった。いざとなれば、あの男は終也のことを切り捨てる。そのことを、お互いに理解してもいる。

そのような関係を、真緒の言うところの《仲良し》と呼んで良いのか分からなかった。

「恭司様、いまは帝都(ていと)かな？」

「さて、どうでしょう。帝のせいで、あちこちを飛び回る人なので」

恭司を、否、六久野の生き残りたちを《籠の鳥》と呼んだのは、誰だったか。あまりにも多すぎて、終也も憶えていない。

風切り羽どころか、翼ごと奪われてしまった鳥たちは、帝という籠に囚われた。

（恭司も。そして、死んでしまった六久野の姫君も）

恭司が恋した姫君は、帝のものとなり、帝の子とともに命を落とした。

志貴――末の皇子が白牢にいるから、余計、その姫君のことを意識してしまう。

本当であれば、志貴は末の皇子ではなかった。志貴よりも後、六久野の姫君が産むはずだった皇子こそが、帝にとって最後の子になるはずだった。

終也は目を伏せて、きつく歯を食いしばる。

（真緒を、そんな風にさせるわけにはいかない。六久野の姫君のようには、決して）

戯れなのか、本心なのか、志貴は真緒のことを欲しい、と言った。

あのとき、身体の芯から冷たくなった。終也の恋する少女が、他の男の妻になるなど、想像するだけでも吐き気がする。

「ねえ。今度、恭司様のところまで会いに行く?」

「恭司に、ですか?」

「お友達なら、会いに行っても変じゃないよね。恭司様があちこち飛び回っているなら、わたしたちが会いに行けば良いと思ったの」

「会ったところで、大した話があるわけではないので」

真緒は不思議そうにまばたきをする。

「大した話がないと、ダメなの？　大好きな人と会って、お話しして、思い出をつくることは、それだけで素敵なことだから。終也にとっても、きっと」

終也は胸が熱くなる。いつだって、彼女は一途に、終也の幸福を祈ってくれている。脇目も振らず、終也のことを愛してくれている。

「……会いに行くときは、君も一緒にいてくれますか？」

真緒は嬉しそうに、一緒に行こうね、と言った。

夕刻になって、真緒は穂乃花のもとを訪れる。今日も今日とて、柔らかな明かりに照らされた横顔は儚(はかな)かった。

少しずつ、穂乃花は死に近づいている。

出逢(であ)って日の浅い真緒ですらも、胸が苦しくなるのだ。長年連れ添っている威月も、二上の者たちも、幼い頃から交流のある志貴も、身を引き裂かれるような悲しみに襲われているはずだ。

「機織さん。志貴様と、お友達になったの？」

　真緒が何かを言うよりも先に、穂乃花が口を開く。志貴とも面会しているようなので、本人から話を聞いたのだろう。

「はい。はじめての、お友達です」

「そう。あまり、このようなことを言いたくはないのだけれど。気をつけたほうが良いでしょう。あなたの夫に疑われてしまう」

「疑われる？　終也は、いつもわたしのことを信じてくれます。だから、その」

　終也が何を疑うのか、真緒には分からなかった。

「では、言い方を変えましょう。あなたの夫が信じても、あなたの不貞を疑う者が現れる、と。……悍ましいことでしょう？　自分の子と思っていたのに、蓋を開けてみたら、父親が違った、なんて」

　そこまで言われて、さすがの真緒も気づく。

「わたしが、終也を裏切って、違う人と結ばれる、と。そういうことですか？」

　穂乃花は何かを堪えるように、苦しげな顔をしていた。

「さして、珍しい話ではないでしょう？　宮中では、むかしは妃の不貞だって、あったくらいだもの」

「珍しいのか、そうでないのかは分かりません。でも、そんな風に考える人がいると、思いたくないんです。志貴様とも、お友達なので」

志貴に対して、終也に向けるような恋心を持つことはない。

「あなたが、そう思ったとしても。志貴様は違うかもしれない」

「終也が、わたしを望んでくれたこと、好きでいてくれることを、誰よりもいちばん良く知っています。だから、分かるんです。志貴様は違うって」

「あなたに惹かれることはない、と？」

「志貴様は、わたしを好きになったりしません」

志貴の瞳には、終也が真緒に向けるような熱はなかった。だからこそ、真緒は友人になりたい、と言った志貴を受け入れることができた。

真緒の恋は、とうに終也にあげてしまっているから、他の誰にも渡せない。

だが、友としての気持ちならば、話は別だった。志貴が、友人として真緒を見てくれるならば、同じように真緒も返すことができる。

「どうかしら。……志貴様のことは、とても小さな頃から知っている。お手紙もたくさん交わしたから、分かるのよ。こだわりが強いことを」

「こだわり？」

「そうよ。だから、あなたと友人になりたい、と志貴様がおっしゃったのならば、あなたの何かが、志貴様の心を揺らしたのでしょう」

　真緒は笑って、胸の前で両手を合わせる。

「なら、それは穂乃花様も同じですね。だって、仲良しなんですよね？　穂乃花様とは、ずっと手紙の遣り取りをしていたって、志貴様は言っていました」

「大した手紙ではなかったのよ」

「でも、志貴様にとっては大切なものだったんだと思います。手紙には、その人の心が顕れるって、言っていました」

　穂乃花の手紙には、彼女の優しい心が顕れていたのだ。

　二上の少女に、手紙を書いたら？　と真緒が提案したとき、志貴が後押ししてくれたのも、それが理由だろう。

「もしかして。威月が、可愛らしいお手紙を持ってきてくれたのは、あなたと志貴様のおかげなのかしら？」

「わたしたちは、ただのきっかけですよ」

二上の少女は、さっそく穂乃花に手紙を書いたらしい。彼女だけでなく、きっと他の子どもたちも同じように書いたはずだ。

威月は、それを穂乃花に渡してくれたのだ。

「しばらく、里の子たちとは会っていなかったから不思議だったの。私のことなど、もう忘れてくれても良かったのに」

「みんな、穂乃花様に会いたがっていましたよ。その気持ちも、自分には勿体(もったい)ないって思いますか？」

「……思うわ。でも、嬉しい、という気持ちもあるの」

「威月様が、死装束(しにしょうぞく)を贈りたいって言ったときも、同じでしたか？」

威月は、十織家に依頼を持ってくるよりも前から、何度も、何度も、穂乃花に死装束の話をしたはずだ。どのような遣り取りだったのか、想像することしかできないが、威月は真摯(しんし)に気持ちを伝えようとしただろう。

そして、彼の想いを、誰よりも正しく、穂乃花は理解したはずだ。

威月が穂乃花のことを大切にし、愛(いと)しんでいるからこそ、死出(しで)の旅路に向かうための衣を贈ろうとしていたことを。

「ええ。本当は嬉しかったの。威月が、私に衣を贈ってくれるのは、私を想ってのことだと分かっているから。……威月だけだったのよ。嫁入りのとき、私が持たされた衣を見て、怒ってくれた人は」

　嫁入りのとき、穂乃花が持たされた衣が、どのようなものか知らない。

　だが、悪意の込められていたその衣に、夫が怒ってくれたことは、彼女の心を救ったのだろう。

「あの頃の私には、何の価値もなかったのよ。なのに、私のために怒ってくれた」

「嬉しかったんですね」

　穂乃花は頷く。

「だから、私にはふさわしくない、と分かっていても。威月が、最期に贈ってくれるものならば、見てみたい、と思ってしまうのよ。卑しいでしょう？　……私は、威月にね、自分が大切にされていると分かっているのに。それを確かめたくなってしまったの」

　真緒は、首を横に振った。夫を想い、胸の内を打ち明けてくれた人の何処に、卑しさがあるというのか。

「穂乃花様に、ふさわしいものを織ります。威月様の想いが、たくさん込められているような。どんな色や、文様が良いですか？」

「……？　死装束なのに、色や文様？」

「威月様には、これから確認しますけれど。威月様の言っている死装束って、たぶん穂乃花様が最期に着たいものだと思います」

「私の、着たいもの。でも」

考え込んでしまった穂乃花に、真緒は提案する。

「なら、嫌いなものはありますか？　これだけは嫌、というものは止めましょう。そうしたら、何か浮かぶかもしれません」

「……嫁いだときのような文様は、嫌よ」

嫁入り道具として持たされた、衣のことだろう。

「どんなものだったか、聞いても？」

まるで呪いのような、悪意の込められた衣だったという。しかし、どのような文様だったか、真緒は教えられていない。

「たくさんの文様があったから、もう、全部は憶えていないの。忘れたかったのかもしれない。ただ、とても嫌なものだったことだけは憶えているのよ」

当時の苦しみを思い出すように、穂乃花はうつむいた。

穂乃花のもとを辞して、真緒はすぐさま威月を探した。

あちらこちらを歩きまわり、館の者たちに尋ねていると、ばったり廊下(ろうか)で顔を合わせることになった。

「俺を探していたのか？」

開口一番、威月はそう言う。心の中を見透かされたのか、と思った真緒を余所(よそ)に、彼は自らの耳のあたりを指さした。

「二番様(にばんさま)の血だろうな、わりと耳が良いんだ。意識的に、普段は聞かないようにしているのだが、客人が呼んでいると思えば、な」

「すみません」

あちこちで威月の名前を出して、探しまわっていた自覚はある。そうとう耳障(みみざわ)りだったのだろう。

「謝る必要はない。お前が、外にまで探しにくる前で良かった。うちの山で危ない目に遭(あ)うことはないだろうが、雪山を歩くのは、かなり体力を使うからな」

「さっきまで、外に出ていたんですね」

色のせいで分かりにくいが、威月の髪は薄ら雪化粧(ゆきげしょう)していた。

「二番様のところに参っていた。そろそろ、穂乃花の容態について話す必要があったからな。二番様にとっては、穂乃花も可愛い子どもの一人だから」

「可愛い子ども。穂乃花様は、外から嫁いだ人なのに？」

意地の悪い質問だと思ったが、どうしても真緒は確かめたかった。穂乃花という人が、二上の一族にとって、かけがえのない人であることを。

「生まれは関係ない。俺の妻は、嫁いだときからずっと一族の者で、二番様にとっても守るべき子どもの一人だった」

最初から、威月はそうだったのだろう。穂乃花が嫁いだ日から今日に至るまで、彼女のことを一族の者として、守るべき家族として、大事にしてきたのだ。

一度たりとも、余所者として、彼女を爪弾きにすることはなかった。

（それなら、きっと。穂乃花様は憶えていないことも、威月様なら憶えている）

自らの花嫁にされた惨い仕打ちを、威月は忘れていないはずだ。

「威月様は憶えていますよね？　穂乃花様が嫁いだとき、贈られた衣のことを」

「突然、何を言うかと思えば。あの嫁入り道具のことか？」

「はい。穂乃花様は、どんな文様だったのか憶えていない、と言っていました。でも、威月様なら、はっきりと憶えているんじゃないですか？」

「憶えている。そもそも、穂乃花が嫁いできたときの衣は、いまだに保管してある。一族としては、いっそ燃やしてしまいたかったが、腐っても先帝からの贈り物だからな。穂乃花に面倒ごとが降りかかっても困るから、蔵の奥に仕舞っている」

威月の声は、ひどく苦々しいものだった。表情は淡々としているのに、恨み辛み、怒りが、ひしひしと伝わってくるのだ。

「見せてもらいたいんです」

「だから、です。穂乃花様の死装束に、不快なものを織りたくないので」

威月は目を丸くした。

「そういうことならば、明日、案内させる。……穂乃花は、納得してくれたのか？　俺が死装束を贈ることを」

「はい。威月様の気持ちが嬉しかったから、と言っていました。精一杯、織りますね。穂乃花様にふさわしいものを」

「ああ。穂乃花が望むものを、どうか織ってくれ。死装束とは言ったが、いちばん着たいものを着せてやりたいんだ」

「そうします。でも、威月様には、なにか望みはないんですか？　穂乃花様に着せてあげたい文様の」

穂乃花は迷っているようだったから、威月の話も聞いておきたかった。もしかしたら、穂乃花の着たいものに繋がる何かが、そこにあるかもしれない。

「特にはない」

「穂乃花様の希望どおりであれば良い、ということですか？」

「そうだな。穂乃花は綺麗だから、どんな文様でも似合う。だから、俺の意見は要らない。いちばん着たいものを着せてやりたい」

真緒はゆっくりと瞬きをする。

「どんな文様でも似合うって、穂乃花様に伝えたことはありますか？」

「誰の目にも明らかなことだ。わざわざ伝える必要があるのか？」

「伝えてください。穂乃花様は、威月様にそう言ってもらったら、すごく喜ぶと思います。……言葉にしなくても伝わる想いはあります。でも、言葉にすることで伝わる想いだって、同じくらいあるはずです」

互いに対する気遣い、行動、贈り物、そういったもので伝わる想いもある。

真緒が、終也に自分で織ったものを贈ることも、そのひとつだ。彼が大好きで、彼が幸福であることを祈って織っていることを、終也は正しく理解してくれる。

けれども、人の気持ちは、それだけで伝わるものばかりではない。

言葉を尽くして、真摯に語らうことでしか、相手の心を揺らすことができない場合もあるだろう。

「俺は、言葉が足りない、と。そう言って、俺を怒ってくれた友がいた。……お前は、やはり十織の先代とも似ているようだ。当然のように伝わっている、と信じていた気持ちが、穂乃花には届いていないこともあったのだな」

後半は、ほとんど独り言のようだった。

「威月様、その。穂乃花様は、あなたが自分のことを大切にしてくれている、というのは知っていますよ。ただ」

「ただ、それは俺が伝えたかった気持ちには、足りないのだろうな。穂乃花のところに行ってくる」

あまりにも迅速な行動だった。引き止める暇もなく、威月は穂乃花の居室まで向かってしまう。

あとから追いかけた真緒は、部屋にいる二人を見て、口をつぐんだ。

横になった穂乃花の耳元で、威月が囁く。何を囁いているかなど明白だった。

穂乃花はわずかに目を丸くして、それから困ったように、けれども少しだけ嬉しそうに眉をさげた。

（ねえ、終也。ふたりは、やっぱり仲良しだよね）

それは幸福なのに、どこか胸が締め付けられる光景だった。彼らの時間に、終わりが迫っていることを知っているからかもしれない。

木造の蔵は、まだ日が落ちていないにもかかわらず、髪の毛の一本まで凍りつきそうなほど寒かった。

あまりにも寒いので、真緒は思わず、くしゃみをする。

「大丈夫ですか？　やっぱり、僕も来て正解でした。こんな寒いところで、君が具合を悪くしたら、と」

隣にいた終也は、心配そうに眉をひそめる。穂乃花の嫁入り道具を見せてもらう、と言ったとき、自分も付き添う、と終也は言った。

一人でも大丈夫と思ったのだが、この様子では、付き添ってもらって良かった。

なにせ、穂乃花の嫁入り道具は、真緒の背丈よりも大きな木桶（きおけ）に、ぐしゃぐしゃに詰め込まれていたのだ。

「蔵に仕舞っている、って威月様は言ってたけど」

「これでは、仕舞うというよりも、詰め込んでいるというか。本当に、不快なものだったのでしょうね」

終也は手を伸ばして、木桶から、次々と衣を引っ張り出した。この状態のまま、何十年も放置されていたのか、皺も汚れも酷いものだった。

真緒はそのうち一着を手に取って、両手で掲げてみる。

「呪いのような衣」

威月は、そう語っていたという。

美しいが、悪意の込められた衣だった、と。

その意味を、あらためて理解させられた。この衣が仕立てられた当時、誰もが美しい、と感嘆の息をついたはずだ。真緒の目にも、熟練の機織が、丹精込めて織りあげたことが分かる。

ただ、これらを手がけた機織たちは、不思議に思っただろう。

――どうして、嫁入り道具に、このような不吉な文様を選ぶのか、と。

真緒が手にとった衣には、猫が織られていた。何も知らない頃ならば、疑問には思わなかった。しかし、今の真緒には分かるのだ。

「猫は死体を連れるもの。猫の姿をした神様を所有しているのは、悪しきものに冒された死体が行き着く場を管理する神在。そうだったよね？」

四十四番目。

吉陸は、悪しきものに冒された死体を弔う、浄化する、そういった役割を担った神在だという。

その領地は禁足地とされ、足を踏み入れるのは、運ばれる死体のみ、と。

神在として大事な役割を果たしている一方で、厭われてもいる存在だ。宮中からすれば、忌避する対象のひとつだ。

間違っても、嫁入り道具として織る柄ではない。

「そうですね。たぶん、志津香ならば、依頼によっては断ると思います。下手をすれば、吉陸の顰蹙も買いますから」

役割を考えれば、当然、吉陸も十織の取引先のひとつだ。

真緒は唇を噛んで、今度は違う衣を掲げてみる。ぱっと華やかな花々に混じって、裾のあたりに白い狼がいた。

「狼は、二上のことでしょうね。あちらの鯉や龍は、一ノ瀬でしょうか。一般的には不吉な柄ではありませんが、先帝が織らせたことを思えば、悪しきものを意識して、のことでしょうね。なにせ、どちらも大禍を封じる一族です」

一ノ瀬は、雨霧という土地に水害を。

二上は、白牢に雪害を。

どちらも大災害の姿をした悪しきものを封じているのだ。宮中からしてみれば、当然、忌避されるべきものだった。

他にも、たくさんの美しい衣に、それぞれの悪意が閉じ込められていた。

察するに、衣だけの話ではない。穂乃花に持たされた嫁入り道具は、外側がどれだけ素晴らしくても、中身には悪意が詰まっていた。

穂乃花の、憂いを帯びた顔が浮かぶ。

『威月に嫁いだときの私は、先帝の娘としての価値がなかったの。最も忌み嫌われていた娘……いいえ、娘とすら思われていなかったでしょう。二上に嫁がされたのは、ただの厄介払いよ』

彼女がそう言った理由が、いまの真緒には分かる気がした。

皇族や宮中の人間は、ことさら血に重きを置いている。そんなところに生まれた女性が、血に価値がなかった、と言ったのは――。

（だから、穂乃花様は言ったの？　自分には、威月様はもったいない、と）

穂乃花は、自分にはどうにもできないことで、何十年と苦しんできたのだ。自分が信じてきたものが足下から崩れる感覚を、ずっと忘れられずにいる。

大切にされるほど、自分には過ぎたものだ、と自らを責めてしまう。

「会いに行かないと、穂乃花様に」

穂乃花の感じている引け目は、決して、彼女を損なうものではない。それを伝えなくては、穂乃花を大切に想っている人たちの気持ちは、いつまでも届かない。

日暮れと同時に、真緒は穂乃花の居室まで足を運んだ。小さく息を吸ってから、ゆっくりと戸を開く。

「今日は、ずいぶん緊張なさっているのね」

いつもならば、いらっしゃい、と柔らかに言う人は、真緒の様子に何かを察したらしい。布団から上半身を起こしたまま、頬に片手をあてる。

「穂乃花様が、嫁いだときの衣を見ました」

「そう。ひどいものだったでしょう？」

穂乃花は、文様のことは憶えていなくとも、そこに込められた悪意のことは憶えているのだ。痩せがれた身体は、わずかに震えていた。

「穂乃花様の不幸を願うようでした」

穂乃花は力なく、まるで何もかも諦めるように微笑む。

「そうよ。先帝は、私の不幸を願っていたの。私を白牢に嫁がせたのも、病弱な私が、この土地で生きるのは難しいと分かっていたから。……予想外に、生きながらえてしまったけれども」

真緒は浅く呼吸を繰り返す。

これから口にすることは、穂乃花を傷つけてしまうかもしれない。だが、言わなくては、きっと穂乃花と向き合うことはできない。

「穂乃花様が、皇族の血を継いでいないからですか？」

彼女の身体には、皇族の血は一滴も流れていない。帝にとって同母の妹であることは確かなのだろうが、父親が違うのだ。

先帝の妃たる女が、不貞を働いた結果、生まれたのが穂乃花だった。

「気づいてしまったのね」

「二上家に嫁ぐことになったのも、それが理由ですか」

「私の生まれは、先帝にとって、この上なく不名誉なこと。……でも、私を皇女から引きずり下ろすことはできなかった。私が皇女でなくなったとき、先帝は、自分の妃の罪を認めることになるから」

だから、穂乃花の出生は隠された。そうして、彼女は宮中から遠ざけられて、雪に閉ざされた白牢に至った。

「あなたと、同じくらいの年頃だったの。それまで、私は自分の血を、生まれを疑ったことはなかった。宮中で、大事に守られていたから。……自分の足下が崩れてゆくような絶望だったわ。そうして、気づかされたの。私は何も持っていない、と。私の持っていたすべては、皇女だからこそ持っていたものなのだ、と」

「それは。それは、違うと思います！」

穂乃花が真実を知る前も、知った後も、彼女は変わらない。損なわれるものなどない。それまで歩んできた人生こそが、彼女を彼女たらしめる。

「神在の家に嫁いだ者が、血に価値がない、などと言ってはダメよ。ねえ、十織の機織さん。私は、誰なのかしら？」

「穂乃花様は、穂乃花様でしょう？」

血に価値がないとは言わない。だが、その身に流れる血だけが、その人を形づくるものではない。

「威月様が、あなたにふさわしい死装束を、と願ったのは。あなたが大好きで、あなたの幸せを願っているからです。穂乃花様に、皇族の血が流れていても、いなくても」

威月の想いは、彼女の身に流れる血とは関係ない。威月にとっての穂乃花は、かけがえのない妻であり、守るべき一族の者なのだ。

「わたしの言葉は信じられなくても、威月様の気持ちは信じてあげてください。信じてもらえるようなものを、織りますから。──どんな、文様にしましょうか？　威月様は、あなたは綺麗だから、なんだって似合う、と嬉しそうに言って……」

真緒は機織だ。だから、織ることでしか、誰かの助けになれない。

誰よりも、真緒自身がそのことを知っているのに、舌がもつれて、うまく言葉が出てこなかった。

「機織さん。ありがとう、私たちのために心を砕いてくれて。でもね、良いのよ。私や威月のことは、あなたが背負うことではないの」

「背負うことはできなくても。寄り添いたい、と思っています」

十織家に嫁いでから、真緒にとって、織ることは祈ることでもあった。誰かの幸福を祈り、織りあげたものが、その人に寄り添ってくれることを願っている。

「あなたは真っ直ぐね。痛いくらいに」

穂乃花の声には、責めるような響きが込められていた。真緒の返事を待たずに、そのまま彼女は続ける。

「死装束の件は、威月が依頼したとおり、お願いしましょう。あなたは十織の機織として、依頼を果たすことができる。……だから、もう帰ってくださる？」

穂乃花は寂しげに笑う。

それは何よりも雄弁な、真緒に対する拒絶だった。

真緒は、ただ頭を下げて、穂乃花のもとを去るしかなかった。うつむいたまま戸を閉めて、どうにか、人気のない廊下を歩きはじめる。

（どうしたら、良いんだろう。今のまま織っても、きっと）

織りあげたものは、威月の願いにも、穂乃花の気持ちにも寄り添うものにはならない。

「歩くときは、うつむくな」

はっとして、真緒は顔をあげる。

「志貴、様」

廊下の壁に寄りかかるようにして、志貴は立っていた。足下ばかり見ていたので、ずいぶん近づくまで、彼の存在に気づくことができなかった。

「青い顔をしている。何かあったのか？」

真緒は唇を引き結んだ。とても、志貴に話せるような内容ではない。

「話せないか？　だろうな。内緒話は、誰にも聞かれないところでするべきだったな。戸の外まで聞こえていた」

真緒は青ざめる。穂乃花との会話を、志貴は聞いてしまったのだ。

何も奇妙なことではなかった。穂乃花と面会できるのは、限られた人間だけだったが、その中には志貴もいる。真緒が来るよりも前から、穂乃花の話し相手として、度々、彼女の無聊を慰めていたはずだ。

「なるほど。あの女の身には、皇族の血など流れていなかったのか」

「そんな言い方は止めてください」

あの女、と呼んだ志貴の声には、明らかな悪意が込められていた。以前、慕わしそうに穂乃花について語っていたときとは違う。

「帝が、あの女を大事にしたのは、同母の妹で、同じように皇族の血を引いているからだ。だが、困ったことに、半分は間違いだったらしい」

志貴は身を乗り出して、真緒の顔を覗き込む。

「皇族の血を引かぬ、ただの女だ。そんなものを、帝は愛するだろうか？　あれほど自らの血筋にこだわっている方が」

真緒は、二上家が、どれほど帝から優遇されていたのか知らない。だが、帝の神在嫌いを思えば、まさしく破格の扱いだったのだろう。

穂乃花が皇族の血を引くことが理由だったならば、前提が崩れてしまう。

「帝に、お伝えになるんですか？」

「二上家が、どれくらいの誠意を見せてくれるかによる。俺に味方してくれるならば、悪いようにはしない」

志貴は笑っていた。今まで真緒に見せてきたような、明るくて、快活な笑みであることが、かえって恐ろしかった。

「真緒。お前には、まだ利用価値があると思っているから、教えてやろう。俺は、帝位が欲しいんだ」

「帝に、なりたいんですか？」

志貴は、悪しきものによって火傷を負う前まで、帝位に最も近い皇子だった。彼は、もう一度、その座に返り咲きたいのだ。

そのために、二上を従えようとしている。

「そもそも、俺が即位することになっているんだ。未来では」

未来。あまりにも突飛な言葉は、度々、志貴が示唆していた言葉でもあった。

「八塚？　志貴様のお友達。八塚螟様」

八番様を有する神在、未来視の一族。

二上に来てから、何度か、志貴の話に出てきた人物だった。志貴にとって、唯一無二の親友であっただろう男だ。

「俺の親友は、もう死んでしまったが、神在としては有能だった。だから、ひとつ未来視を遺してくれた。帝はご存じではないが、俺は知っている」

大事に仕舞っている宝物を思い出すように、志貴は目を伏せた。


「末の皇子が、帝を殺して即位する」


真緒は息を呑む。

今上帝の子はたくさんいるが、末と言われたら、当て嵌まるのは志貴だ。

「志貴様が、帝を殺すんですか？　でも、未来なんて誰にも分からないのに」

先々のことなど、本来、誰にも知ることはできない。また、その未来視があったとしても、その未来が訪れるかは、別の話なのではないのか。

「そうだな。だが、八塚の未来視にあったならば、その未来が訪れる可能性がある、ということだ。俺ならば、帝を殺すことができる。どれだけ嬉しく思ったか」

「殺して、即位して。それが志貴様の望みなんですか？　父親ですよ」

血の繋がった父親を殺してしまう。

そんな不吉な未来視を、どうして志貴は喜んでいるのだろうか。

「父としての情はない。向こうも、俺を息子として愛したりはしないだろう。息子が悪しきものに穢されても、見舞いひとつ寄越さなかった男だ。血が繋がっているだけの他人だから、殺したって胸は痛まない」

志貴は、聞き分けのない子どもを叱るように、話を続けた。

「知らないのか？　あの人は、自分の子どもだって、たくさん殺してきた」

真緒はうつむく。かつて、薫子は語った。自分には、異母の兄姉も、弟妹もたくさんいたが、全員が生き残ったわけではない、と。

真緒の想像する以上に、理不尽に、呆気なく散らされた命があるのだ。

「帝の血筋に生まれるというのは、地獄に生まれる、と同じだ。俺の人生は、いつだって苦しみと共にあった。そのときの痛みと、屈辱を忘れたことはない」

地獄。真緒の脳裏に、いつかの終也の言葉が浮かぶ。

『人は死んだら、何処へ行くのでしょうか？　それは誰にも分かりませんが、地に堕ちる、と考える者もいます。すなわち、《悪しきもの》が封じられた地の底へ』

志貴にとって、今までの人生は、地獄に喩えるほど苦しい道のりだった。

次の帝として期待されていたときも、火傷を負って見捨てられてからも、どちらもが地獄だったのだ。

「笑顔で、人に毒を盛られたことはあるか？　半分も血の繋がった兄から、殺されそうになったことは？　信頼していた者に裏切られた経験は？」

あいかわらず、志貴は笑っていた。

思えば、その笑みは、本当に心からの笑顔だったのか。

いつも明るく、太陽みたいにきらきらとした笑顔を浮かべる志貴を見たとき、誰もが思うだろう。

この男は、陽気で、誰からも慕われるような、からりとした男だ、と。

もちろん、そういった面もあるだろう。しかし、それだけが全てではない。

きっと、笑顔の裏には、たくさんの隠された感情があった。顔は笑っていても、心の内では、煮えたぎるような怒りと、憎悪を抱えていた。

「笑っている顔の裏側で、人が何を考えているのかなど分からない。面の皮一枚を剝いだところには、悍ましいものが隠れている。だから、俺は誰も信じない。本当に信じることができるのは、己だけだ」

真緒は眉をひそめる。信じる者は己だけ、と言うが、本当は違うのではないか。

（だって。志貴様は、親友さんのことは信じていた。……穂乃花様のことだって、慕っていた）

「たしかに。人間には醜いところもあるかもしれない。でも、それだけじゃないです」

真緒は、かつて虐げられていたから、人の醜さを知っている。

だが、終也から手を差し伸べられて、十織家の家族になって、そこからたくさんの関わりを得たから、人のあたたかさだって知っていた。

「人に裏切られたことがないから、そう言えるのだろうな。お綺麗な事ばかり信じて、生きている。お前と話す度に、ずっと思っていたよ。ずいぶん甘ったるい娘だな、と」

志貴は一歩、一歩、と真緒に近づいてきた。

「だが、お前の綺麗事が、他者を傷つけた。隠さなければならない真実を暴いた」

穂乃花のことを言っているのだろう。

（わたしが、穂乃花様の秘密に気づいて、口に出してしまったから）

二上穂乃花の秘密――皇族の血を引いていないことは、彼女と、彼女を愛する威月が、墓まで持っていくはずの秘密だった。

それを暴いてしまったうえ、志貴に知られてしまった。

「二上を支配下におけるのならば、地盤固めも上々だ。俺は、この火傷のせいで穢れたと思われているから、どうしたって即位するには神在の力がいる。帝を殺しても、宮中の連中を黙らせることができる力が」

「そんなの。志貴様のことに、二上は」

「関係ないか？　だが、宮中の権力闘争にまで介入してくるような神在だっているんだ。その相手をさせるなら、やはり神在しかいないだろう？」

暗に、一ノ瀬という神在のことを言っているのだ。軍部でも幅を利かせて、宮中の権力闘争にも首を突っ込むという神在は、志貴には味方していない。

だから、その神在を黙らせる力をも、志貴は欲している。

「感謝する、二上の秘密を暴いてくれて。威月は、俺に協力してくれるだろうよ」

震える真緒に向かって、もう一度、志貴は笑った。

うつむく十織の女を置き去りにして、志貴は二上の館を歩く。

ひどく気分が良かった。威月は、きっと志貴の願いを拒まない。志貴が即位するために、協力してくれるだろう。

（あの女に皇族の血が流れていなかったことは、帝に知られても困るが、他の神在に知られることも困るだろうからな。特に、帝に辛酸を舐めさせられていた家には）

今上帝が、どれほど神在の恨みを買っているか。

そんな中、穂乃花の存在を理由に、優遇されていたのが二上だ。真実が明るみに出れば、二上とて無事では済まない。

最悪、今上帝からも、他家からも糾弾される。

一瞬、志貴の頭には、穂乃花の顔が浮かんだ。だが、それすらも志貴は振り払った。あの女は、ずっと志貴のことを裏切っていたのだ。

同じように皇族の血に苦しんでいると思っていた。それなのに、結局、あの女は志貴の仲間ですらなかった。

（螟。俺は、即位するのだろう？　だから、これで間違っていない）

志貴は自らを抱きしめるように、両の手を肩にまわした。全身におよんだ火傷を負ったときのこと、何よりも、その後のことを、決して忘れぬように刻みつける。

炎に舐められたときの悍ましさと一緒に、大切な記憶がよみがえるのだ。

――目を瞑ると、あのときの光景が浮かぶ。

悪しきものによって大火傷を負って、床についた志貴のもとを訪ねてきたのは、幼い頃から知っている親友だった。

「志貴。起きていますか？」

髪も瞳も赤く染まり、まるで別人のようになってしまった志貴を見ても、彼はいつもどおりだった。

八塚螟。神在に生まれた、志貴にとって唯一無二の友。

淡雪を被ったような白髪も、金色の目も、染みひとつない端整な顔も、すべてがすべて美しくつくられている。一度でも見たら、死ぬまで忘れることのできない美貌だ。

けれども、志貴は知っている。これは美しい男の皮を被っているだけの、人ならざるものだ。神の血が濃い者は、その心の在り方さえも、志貴のような神無とは違う。

その証拠に、螟は躊躇することなく、志貴に手を伸ばしてきた。

「穢れるぞ」

「まさか。そんなバカなことを言う人が？　これは、あなたが必死に生きようとした証ですよ。穢れであるものか」

蜈の手は、労るように、白い布に覆われた志貴の身体に触れる。

ごく自然に、当たり前のように触れてくる手に、泣きたくなるような気持ちになる。こんな風に、誰かに慰められてしまう自分の弱さが嫌だった。

「俺がくたばるのを見届けに来たのか？　どうせ、もう長くは持たないだろうよ」

志貴は吐き捨てる。

宮中にいる医師が匙を投げたことを、志貴は知っている。そもそも、悪しきものによる火傷だから、まともに診たのかも怪しい。

（かといって、帝が対処できるような神在を呼ぶとは思えない）

神在に頭を下げるくらいならば、志貴の命など捨てるはずだ。志貴の命など、帝にとってはその程度なのだ。

帝が大切にしているのは、最もこだわっているのは六久野の血筋だ。神在への憎悪も、愛も、結局のところ、そこに行き着く。

「ここで、志貴が死ぬことはありませんよ」

螟は、心底不思議そうに言う。

誰もが、志貴の命を諦めているはずだった。

志貴を産んだ女も、志貴を担ぎ上げようとしていた一門も、掌を返したように、志貴のことを切り捨てた。志貴の首を獲ろう、と常々狙っていた連中さえも、姿を見せなくなったのだ。

志貴自身も、いよいよ命尽きる、と覚悟していたというのに。

「俺の死ぬ未来は、視えなかったのか？」

八塚は、未来視の一族だ。

次期当主と目される螟は、一族のなかでも優れた未来視である。彼が視ていないならば、志貴が死ぬ未来は存在しない。

「志貴の死は視えました。でも、ずうっと先のことでしたよ。どんな未来でも、あなたが死ぬには早い。あなたの死は、ここではない」

「なら、何故、ここに来た？　てっきり別れの挨拶かと思ったが」

「別れの挨拶というのは合っています。志貴が死ぬのは遠い未来のことですが、俺はもうすぐ死ぬので」

一瞬、何を言われたのか理解できなかった。

何も言わぬ志貴の顔を、螟は覗(のぞ)き込んできた。

螟の顔は、病を患(わずら)っているようにも、怪我(けが)を負っているようにも見えなかった。だから、この男が近々死ぬと言われても、志貴には信じられなかった。

「お前ならば、回避できるのではないか？　未来が視えるくせに、自分の死を受け入れるのか。それは間抜けだろうよ」

「避ける意味がありません。俺が死ぬことで、俺の望みは叶います。だから、望みを叶えて、先に地獄へ堕(お)ちる俺から、最期の贈り物です。あなたに遺(のこ)します」

遺す。何を？　と志貴が思ったとき、螟の唇が震える。

「末の皇子が、帝を殺して即位する」

螟が囁(ささや)いたのは、ひとつの未来視だった。

その未来は、きっと、これから訪れる未来のうち、最も可能性が高いもの。どんな道を辿(たど)っても、必ず果たされるもの。

そうでなくては、志貴に——末の皇子に告げるはずがない。

その夏、螟は亡くなった。

たったひとつの未来視を、志貴の胸に遺して。

（螟。お前が視たならば、それは必ず訪れる未来なのだろう？　いいや。その未来を、お前は選んだのか？）

螟は、あの未来視を、帝ではなく志貴に告げた。

すなわち、帝ではなく、志貴の命を選んだということであった。

あの未来視を帝が知れば、何が何でも志貴を殺したはずだ。帝位にしがみつく老人は、それを阻む存在を、血を分けた息子であろうとも許さない。

「俺には、帝を殺して、とも聞こえたんだが。果たして、お前の胸のうちは、どうだったのだろうな？」

死者に問いかけても、答えがないことは知っている。

だから、志貴は進むだけだ。自分が即位するために、あの父親を殺すために、動くだけのことだった。

「後にも先にも、俺の友は、お前だけだな。あんな甘いことを言う娘とは、どうにも分かりあえそうにない」

神在の者にしては、ずいぶん甘ったるい娘だった。人の言うことを平気で鵜呑みにして、そもそも疑うことを知らない。

（ああいう娘が、いちばん憎らしいな）

人の醜さを知らず、純粋で、綺麗事ばかりを口にする。そんな風に生きることができなかった人間が、どれほど多いか、あの娘は知らない。

だいたい、十織の家で、大事に守られていることも気に食わないのだ。安全な立場から何を言われても、志貴の胸には響かない。

（螟は、俺と同じように地獄を生きていたからな）

だから、螟とは分かり合うことができた。自分たちには似た部分があって、同じような醜い景色を見てきたから、友になることができた。

ふと、志貴の脳裏を過ったのは、鈴を転がしたような少女の声だった。

『はじめてです、お友達ができるの』

真っ赤な瞳を揺らして、微笑んだ真緒の顔が浮かぶ。

あまりにも無防備な笑顔だったから、あのとき、志貴は心の柔い部分を、ざらりとしたもので舐められたような気分になった。

あのときの感情を、何と呼べば良いのか分からない。

（怒りか、憎しみか。はたまた、気味の悪さか？）

十織の花嫁は、志貴の知らない生き物であった。会話を重ねれば重ねるほど、理解しがたい、未知の存在に出くわした気分になった。

「友にはなれないだろうよ、俺とお前は」

志貴と真緒は、あまりにも違いすぎる。

もしかしたら、一生、分かりあうことはできない、正反対の立ち位置にいるのかもしれない。

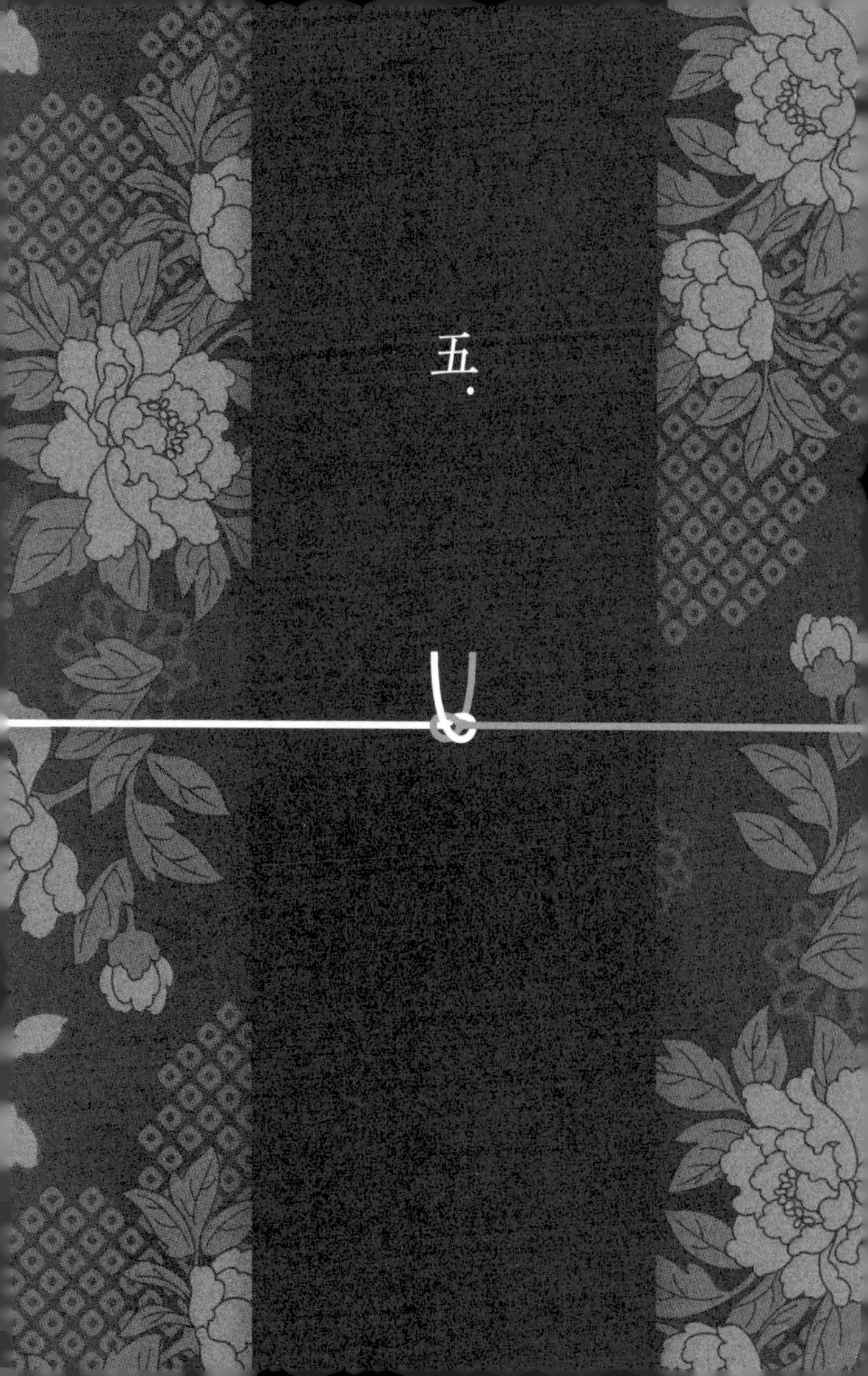
五.

真緒は震える身体を叱咤して、威月のもとにやってきた。いきなり訪ねてきた真緒のことを、彼は拒まなかった。

「申し訳ありません。わたしが、穂乃花様の」

威月に伝えなくてはならない。真緒が暴いてしまった穂乃花の秘密と、それを志貴に知られてしまったことを。

しかし、真緒の言葉を遮るように、威月は口を開く。

「志貴様のことならば、何も気にしなくて良い。穂乃花のために、織ることだけを考えてくれ」

威月は淡々と言う。真緒に対する怒りは、微塵も感じられなかった。

「もう、志貴様から？」

「即位の際、自分の味方についてほしい、とは言われた」

明らかに、威月は言葉を選んでいた。実際は、もっと厳しいことを要求されているだろうに、真緒が責任を感じぬよう濁している。

「いずれ、外の人間にも勘づかれるとは思っていた。そのときは、穂乃花の名誉を守ると決めていた。だから、気にしなくて良い」

真緒はきつく唇を噛む。

威月は、あいかわらず表情がなかった。ただ、痛いほどに、彼の気持ちが伝わってくる。たとえ、二上(ふたがみ)の立場が悪くなろうとも、彼は妻の秘密を守るのだ。

「俺は、穂乃花が穂乃花であるのならば、それだけで良かった。……嫁(とつ)いだ頃、自分は何も持っていない、と穂乃花は泣いた。皇族の血が流れていない自分には、何の価値もない、と。そんな馬鹿げたことがあるものか。あの人の優しさも、誰かを慈(いつく)しむ心も、血によるものじゃない。あの人があの人だからこそ、持っていたものだろう？」

二人で歩んできた歳月を思い返すよう、威月は一言、一言を噛(か)みしめる。

「俺は果報者(かほうもの)だ。あの人を妻に迎えられて、あの人を見送ることができる。――だから、どうか。どうか、ふさわしいものを織ってくれ」

それはまるで、血を吐くような、切なる懇願(こんがん)だった。

「俺の愛した人が、これから死して、地獄へ向かわねばならぬというのなら。その旅路が安らかであることを。――穂乃花が死んでしまえば、傍にいて、お守りすることはできない。俺の代わりに、あの人を守ってくれるものを織ってほしい」

威月は深々と頭を下げてくる。責められるよりも、ずっと胸が痛かった。

（どうしたら、良いんだろう？　わたしは機織(はたおり)で、だから、だから、織ることでしか、誰かの助けになれない。

それなのに、今の真緒が織ったところで、威月や穂乃花に寄り添うものになるとは思えなかった。

心がぐちゃぐちゃになったまま、真緒は与えられた部屋に戻る。

「おかえりなさい。……どうかされましたか？　真っ青ですよ」

壁に寄りかかり、まどろんでいた終也は、目を見開く。様子のおかしい真緒を心配してか、急ぎ足で、彼は真緒のもとにやってきた。

「終也。わたし」

「何か嫌なことをされましたか？」

「違うの。嫌なことじゃなくて……」

真緒が口籠もると、終也はそっと胸に抱き寄せてくれた。

「やめて」

思わず、終也のことを拒んでしまう。

今の真緒には、終也に抱きしめてもらう資格がない。

（わたしは、終也の機織さんなのに。わたし、機織としても失格だ）

機織として、誇りを持ってきたつもりだった。

だが、今の真緒は、機織を名乗ることもおこがましい。

威月と穂乃花にある安寧を奪ってしまった今、終也の機織として胸を張る資格など、あるとは思えなかった。

そして、これは二上家だけでなく、十織家にも関わる話だ。他家の当主から受けた依頼を、余計なことをして拗らせて、取り返しのつかない問題に繋げてしまった。

真緒は、自らの機織としての矜持を優先させた結果、十織家にも疵をつけたのだ。

「わたし、本当のことは、ぜんぶ正しいことなんだって、思っていたのかもしれない。人には、暴かれたくない秘密が、隠していたものがあるんだって分からなかったの」

世の中には、大切な人を傷つけぬために隠されている真実がある。

穂乃花に皇族の血が流れていないことは、穂乃花を愛しているからこそ、威月が隠し、守ってきた秘密だったのだ。

泣いてはいけないと思っているのに、まなじりに涙が滲んでしまう。だから、真緒はうつむく。

真緒が泣いたら、終也は優しい言葉をかけてくれる。

だが、それではいけない。

真緒は、自分が何をしたのか、誰を傷つけたのか、向き合わなくてはいけない。

（過去は覆らない。何もかも、なかったことになんてならない。――だから、わたしは。

いま、できることをしなくちゃいけない）

それなのに、どうすれば良いのか分からないのだ。

終也から、真緒と名付けてもらうまで、ほとんど人との関わりを持っていなかった。幽閉されていた頃、真緒が接していたのは、自分を虐げる親族だけだ。

ただ、迎えにきてくれる、と言ってくれた、機織の腕を褒めてくれた男の子のことだけを支えに生きていた。

その間、多くの人が積み重ねていた、人と人との関わりを知らなかった。知らなかったから、穂乃花たちに取り返しのつかないことをしてしまった。

穂乃花にだって、あんな風に痛みを堪えるような、悲しい顔をさせてしまった。

「真緒。僕と君は、夫婦なんですよ。――僕と君は、ふたりで完璧なんです。君が始まりで、僕が終わり。苦しみだって、片方に背負わせたりしない、と言ったのは、君でしょう？　僕にだって、君の苦しみを背負う権利がある」

うつむく真緒の頬を、終也の両手が包んだ。

終也は膝を折って、真緒と視線を合わせる。いつもそうだった。此の人は、真緒を見下すことなく、隣に並ぼうとしてくれる。

「どうすれば良いのか、分からないの。迷子になったみたいに」

何処(どこ)へ向かうべきか、どうすれば責任が取れるのか分からなかった。

真緒が何をしたところで、志貴は止まらない。穂乃花の秘密をもって二上を脅(おど)し、自分が即位するための道具にしてしまう。

威月は気にするなと言ったが、穂乃花のことを思えば、胸が痛くて堪らない。

自分は威月の妻としてふさわしくなかった。そう言った彼女は、自分のせいで二上が脅されていると知ったら傷つく。

きっと、後悔(こうかい)に呑(の)まれたまま、死出(しで)の旅路に向かうことになる。

「君が迷子になるのなら、僕も一緒に迷子になりますよ。一人では迷い続けるかもしれないけど、二人なら、きっと歩むべき道も見つけられます。もっと、僕を頼ってください」

「いつも、頼っているよ」

はじめて会った夜も、幽閉先から救い出してもらってからも、真緒の根っこを支えているのは終也だった。

「そうでしょうか？　君はいつも、自分で解決しようとする。その姿を誇らしく思う一方で、僕は寂しくもありました。……ねえ、真緒。何もかも一人でしなくて良いのですよ。僕たちは、もう孤独ではないのですから」

堪えきれず、真緒のまなじりから涙が溢(あふ)れた。

もう孤独ではない。あの寒くて、痛くて、心が凍えそうだった平屋から連れ出された真緒には、終也がいてくれる。

「一緒に、迷ってくれるの？」

「はい。言ったでしょう？　僕は君の上にいるのではない。君が下にいるなら、僕も下にいる、と。ずっと一緒にいるということは、幸せなときだけでなく、君が苦しいときも傍にいる、という意味です」

真緒は震える手を、恐る恐る伸ばした。終也の肩に額を押しつけて、強く、彼の身体に抱きつく。

「わたし、いけないことをしたの。それを、そのままにしたくない。……志貴様に、穂乃花様の秘密を利用させたくない」

死にゆく人を、後悔を抱かせたまま逝かせたくない。

「……穂乃花様が、皇女ではないこと、ですか？」

「最初から知っていたの？　終也は」

「いいえ。ただ、もしかして、と思ったのです。君と一緒に、穂乃花様の嫁入り道具も見ていますからね。……皇族の血が流れていないのならば、いろいろと納得できるでしょう？　どうして、先帝から嫌われたのか。どうして、二上に嫁いだのか」

悪しきもの——大禍を封じている二上家の領地《白牢》は、宮中の者たちからは、穢れの地と思われている。

だからこそ、この地に追い出してしまえば、穂乃花のことを探る者はいない。

「おそらく、先帝だけが、穂乃花様の秘密を知っていたのでしょうね」

終也の言うとおり、先帝だけが、妃の不貞と、穂乃花の出生の秘密を知っていた。

宮中の人間も、今上帝も、何も知らないからこそ、いまだに穂乃花のことを先帝の娘としてあつかっている。

「うん。みんな知らなかったの。志貴様だって、そうだったのに」

「志貴様も、穂乃花様の秘密に気づいたのですか？」

「違うの。わたしが、穂乃花様にそのことを確かめたとき、志貴様が聞いていたの」

志貴は、もとから穂乃花の秘密に勘づいていたわけではない。真緒の不用意な発言がなければ、彼は今も、叔母として穂乃花を慕っていたはずだ。

「だいたいの事情は分かりました。それで、穂乃花様の秘密を利用する、と。でも、何のため利用するのですか？」

「終也は、八塚のことを知っている？」

「八塚？　未来視の神在ですよね。十織とは、ほとんど関わりがありませんが、もちろん知っています」

「志貴様は、ひとつ、未来視を知っているの」

――末の皇子が、帝を殺して即位する。

「志貴様は、帝を殺して即位する。でも、そのための地盤が整っていない。だから、神在の力をほしがっている」

「二上を従えるために、穂乃花様の秘密を利用する、と？」

「うん。志貴様は、どうして、そんな風になっちゃうのかな。脅さなくても、もっと話しあって……」

「一緒に帝を殺しましょう？」

終也がさらりと口にした言葉に、真緒は息を呑む。

「君が言っていることは、そういうことですよ。けれども、神在たちには、いまの志貴様につく理由がありません。帝を殺したときの損得勘定をしたところで、志貴様に命運を預けるには足りない。――八塚の未来視があったとしても、それは志貴様が言っているだけで、本当かどうかも分からないのですから」

「誰とも争わずに、志貴様が即位することはできないの?」

「無理でしょうね。次の帝として有力視されているものの、志貴様には敵が多い。悪しきものによって負傷したことも、足を引っ張るでしょう。……以前、志貴様が次の帝になる、と言いましたけど、あれは間違いですね。むしろ、帝位争いから落ちてしまっている」

「志貴様も、そう言っていたの」

「ならば、なおのこと。君の言っていることは、綺麗事ですね」

もはや、穏便に物事を解決できるような局面ではない、と終也は言う。

「志貴様は、わたしの綺麗事が誰かを傷つけると言ったの」

「ええ。君の信じる綺麗なものに傷つく人間は、きっと大勢いますよ。だって、此の世は苦しみに満ちています。たくさんの醜さがある。……君が知らないだけで、此の国はずっと悍ましいものに冒されているんです」

「悪しきもの?」

此の国に暗い影を落としているそれは、一番目から百番目までの神々が生まれた理由でもある。そして、神々が生まれたからこそ、終也のように、神と人間との間で苦しむ者も生まれた。

長らく続いている、神在と帝のせめぎ合いとて、根底には悪しきものがあった。

「いいえ。悪しきものよりも、ずっと人の方が悍ましいのですよ。神の血が流れていても、流れていなくても、人間とは醜い生き物です。僕も含めて、ね。……志貴様は、皇子として、人の醜さに触れてきたから、君の言葉を受け入れられない」

宝石みたいな緑の瞳が、涙する真緒を映している。真っ直ぐに真緒を見つめたまま、終也は続ける。

「でも、綺麗事の何が悪いのですか？　君の信じる綺麗事に救われた男が、ここにいることを忘れないでください」

終也は、真緒のことを、正しい、とは言わなかった。真緒の信じたいことが、誰かを傷つけることもある、と突きつけてきた。

それでも、傷つけるばかりではない、救われるものもあるのだ、と教えてくれた。

「わたし、誰にも、痛いことも、苦しいこともしたくないの」

虐げられていた頃、つらく苦しかった。その時期が無駄とは思わない、その時期があってこその真緒だとも思う。

だが、誰にも、同じ思いをさせたくはない。

「自分と同じように苦しんで、なんて。ぜったいに思いたくない。だから、志貴様の気持ちを、うまく分かってあげられないのかもしれない」

志貴は、誰も信じない、と言った。笑顔の裏で、彼は多くを疑い、憎みながら、今日まで生きてきたのだ。

それだけの苦しい過去が、志貴にはある。

「僕は、君の優しいところが好きですよ。でもね、相手を分かってあげる必要なんてありません。きっと、志貴様もそれを望んではいないでしょう」

「そう？」

「ええ。あの人は、たぶん僕と似ています。だから、分かりますよ。……僕は、君にね、僕のことをぜんぶ理解してほしいとは思いません。ただ、君が傍で、寄り添ってくれたら嬉しい」

終也は両手を下ろして、ぎゅっと真緒の手を握ってきた。

「君は言ったでしょう？　神様は、人間と一緒に生きている、と。異なるものが一緒に生きるのならば、必要なのは、きっと違うことを受け入れることです。違っても、手を取り合っていくこと」

どうしたって、神様と人間は同じにはなれないのだから、と終也は言う。

「同じじゃなくて良いの？」

「良いんです。だから、志貴様と同じ考えなんて持たなくて良い。志貴様とは違う君のまま、あの人に向き合って良いのです」

「わたしに、できると思う？」

「もちろん。僕は、君のことを信じています。だから、僕の信じる君を、君も信じてくださいね」

終也は、いつも真緒のことを信じてくれる。きっと、真緒自身よりも、ずっと強く、真緒の在り方を認めてくれている。

「うん。わたしがしたことの責任は、わたしが取るんだよね？　未来で」

過去はなかったことにならない。だが、未来は違う。

真緒には、志貴の親友のように未来を視る力はない。はるか遠い未来など分からぬまま、現在を生きるしかない。

だからこそ、ひとつひとつを大切に、織りあげてゆくしかない。

（歩いてきた道は変わらないけど。これから進む道なら、わたしにだって変えられる。わたしが選んでも良いんだって、終也に教えてもらった）

幽閉されていた機織は、不自由だった娘は、もう何処にもいない。真緒と名付けてもらった機織は、望むように歩いても良い、と大切な人から背中を押してもらえる。

迎えにきてくれた男の子がいたから、その人が優しいことを教えてくれたから、真緒も誰かに優しいことを教えてあげたい。

「志貴様と、お話ししてくるね」

　志貴の地獄は知らない。本当の意味で、彼の地獄を理解することもできない。軽々しく理解するなどと、言ってもいけない。

　それでも、今、志貴と話すことには、かけがえのない意味があるはずだ。

「一人で行かせたくない気持ちが大きいです。でも、僕が付き添うのは間違っているのでしょうね。志貴様の友人は、僕ではなく君なので」

「嬉しかったの、友人だって言ってもらえたことが。だから、わたし、志貴様とも仲良しでいたい。終也と恭司様みたいに」

　真緒は、友人、と志貴が言ってくれたことが嬉しかった。対等な関係を築こうとしてくれたことに、胸がいっぱいになったのだ。

　そこには打算もあったかもしれないが、本心もあったと信じている。

　否、真緒には分かるのだ。真緒の目は、神様が与えてくれた特別な目だから、その人の本質を映している。

　志貴の根っこにも、誰かを想う優しい心がある。

「では、いってらっしゃい。君の望むままに」

終也の手が、そっと真緒の背中を押した。それだけで、勇気が湧いてきた。

「いってきます」

真緒はそうして、領主の館を飛び出した。

里に出れば、顔見知りになった子どもたちが、真緒のもとに集まってくる。

「志貴様、何処にいるか知っている？」

彼らは顔を見合わせると、一斉に里の外を指さした。

「里の外だよ。ここから真っ直ぐ、森を抜けるとね、雪しかない原っぱがあるの」

「志貴様、そこでぼうっとしているときが多いんだよ。だから、お姉ちゃん、志貴様に会ったら、言ってくれる？　はやく戻ってきなさい、って」

「あんな痛そうな怪我(けが)しているのに、いっつも外に行っちゃうんだもん」

子どもたちは、拗(す)ねたように唇を尖らせる。彼らが、志貴の行き先を知っているのは、志貴のことが心配だからなのだろう。

それは、志貴が子どもたちと、きちんと向き合ってきた証(あかし)に思えた。

「教えてくれて、ありがとう」

子どもたちの言葉を頼りに、真緒は里の外へと走り出した。

◇◆◇◆◇

真緒を見送ってから、終也も部屋の外へと向かった。

(僕の機織さんは、人たらしのところがありますからね)

いつになったら、彼女は気づくだろうか。誰かに手を差しのべるところも、寄り添おうとするところも、当たり前にできることではない。

まして、とても長い時間、虐げられてきた子なのだ。何もかも憎んで、恨んで、壊そうとしても奇妙ではないのに、彼女は優しいものばかり見ようとする。

廊下を歩いていると、終也の知らない女性が立っていた。老いてもなお美しい人は、終也を見るなり、綾、と唇を震わせる。

「穂乃花様、でしょうか?」

終也の姿は、父親とそっくりだから、見間違えても不思議ではない。そして、父の顔を知っている女性ならば、おのずと正体は知れる。

「……ご子息ね。機織さんの付き添いで、白牢まで?」

「ええ。御挨拶もできず、申し訳ありません」

「謝るのは、こちらの方でしょう。大事な機織さんを白牢まで呼んでおきながら、あなたの前に顔も出さなかった。いまは一緒ではないの？」

「妻ならば、志貴様のところにいますよ」

穂乃花は眉をひそめた。

「心配ではないの？　裏切るのではないか、と」

男と女が二人きりだ。間違いが起きてしまったら、と心配しているらしい。穂乃花の出生を思えば、ことさら気にしてしまうのも無理はない。

「あの子を信じています。今も、昔も」

暗がりのなか、終也の紡ぐ糸を見て、綺麗、と言ってくれた機織がいた。偽りでも、世辞でもなく、真っ直ぐな気持ちを与えてくれた少女だった。

あの夜からずっと、終也は、真緒に恋をしている。

外の世界を見せてあげたい一方で、閉じ込めてしまいたい気持ちもある。彼女の周りに嫉妬したり、不安になることも多い。

だが、終也は知っている。誰かが、真緒のことを不幸と言っても、終也の隣にいることこそ、彼女の幸せであることを。

「良い夫婦なのね、あなたたちは」

「夫婦に、良いも悪いもないでしょう。ただ、当人たちにとって、幸か不幸かだけで。どんな形があっても良いんです、きっと」

穂乃花は苦笑する。

「あなたたちは、結構、似た者夫婦なのかもしれないわ」

木々の間を縫うようにして、真緒は一歩、一歩と進む。

冷たい雪風が頬をなぶるが、不思議と、それらは真緒を害することはなかった。険しいはずの雪道にも、変に足を取られることがない。

（そっか。二上の家が、きちんと役目を果たしているから）

以前、志貴が言っていたとおりだ。二上が役目を果たし、きちんと《大禍》を封じているからこそ、この地は恐ろしいものではない。

やがて森を抜けると、雪の原に、ぽつり、と立っている男を見つける。

真緒に気づいたのか、彼は苦々しげに顔を歪める。

「何の用だ？　今さら話すこともないと思うが」

あたり一面、白銀の世界のなか、志貴は声を張り上げる。まるで、これ以上、近づくな、とでも言うように。

だから、真緒は迷わず、志貴の近くまで歩を進めた。

「わたしには話すことがあります。志貴様。もう、止めましょう？　……あなたが次の帝になりたくても、それに二上を巻き込むのは間違っています」

「止められるのならば、とうに止めている。殺された異母兄や異母姉のように、さっさとくたばった方が、どれほど楽だったか。――宮中は地獄だ。穢れた俺が、その地獄を生き抜くためには、神在を支配するしかない」

「本当に？　支配しなくたって、一緒に生きてゆくことができます」

言葉を尽くして、一緒に手を取りあうことはできるはずだ。

真緒は信じている。

神様は人間と一緒に生きている。同じように、神様の末裔たる神在も、志貴のように神の血を引かぬ神無も、一緒に生きてゆくことができるはずだ。

「ならば、お前が一緒に来てくれるのか？　俺の地獄に」

まるで花蜜のように、甘ったるい声だった。それなのに、その声には切なる願いが滲んでいた。

ともに地獄に堕ちてほしい、道連れになってほしい、と。

志貴の瞳には、涙のひとつも浮かんでいない。だが、暗がりで揺れる炎を閉じ込めたような瞳には、今にも泣き出しそうな子どもがいる。

真緒は、いま、この人のいちばん柔らかくて、無防備な場所を見つめていた。

「わたしは十織の花嫁で、終也の機織です。だから、あなたの地獄には行けません」

志貴の地獄へともに行くということは、終也の手を放す、ということだ。どれだけ志貴に求められても、終也の手を放したくない。

真緒が、此の世でいちばん大切にしてあげたいのは終也なのだ。

「愛しているのか？　あの化け物を。あれは人の皮を被っているだけだろうに」

真緒はうつむかず、真っ直ぐに男を射貫く。

「愛しています」

「ならば、なおさら選ぶべき道はひとつだろう？　あの男を愛しているのならば、俺の手をとれ」

真緒のすべてを支配するように、その手は頭上から落ちてきた。遠い日、幽閉先から真緒を救い出してくれた、終也の手とは似ても似つかない。

それは傲慢な支配者の手であり、真緒からすべてを奪おうとする者の手だった。

だが、それだけではないことも、今の真緒は知っている。此の人には、友を想う心も、叔母を慕う心もあるのだ。

「お前が来るならば、十織には悪いようにしない」

終也を、十織の家族を守りたいならば、この手をとれ、と志貴は言う。

「わたしは機織です。志貴様の求める力は持っていません。それなのに、どうして」

「そうだな。お前のことは気に入らない。はじめて会ったときから、お綺麗なことばかり言う。話せば話すほど、こちらの醜さを浮き彫りにするようで、腹が立って仕方がなかった。――だが、お前、きっと裏切らないだろう?」

真緒は、はっとして目を見張る。

「ばかみたいに綺麗なことばかり信じている女だから、一度、信じたものは裏切らない。俺の地獄に、何処までもついてきてくれる」

真緒は首を横に振った。

「ついていけません。わたしが恋をしているのは終也だけだから。……でも、わたしは、あなたの友人でもあります。だから」

真緒は息を吸う。

うつむくことなく、真っ直ぐに志貴のことを見つめる。

「志貴様を《悪しきもの》から守るために、織ることはできます。あなたは、信じられるのは己だけ、と言うけれども。本当にそうでしたか？」

此の人は、どれだけ悪人ぶっても、心の底では誰かを信じたいと思っている。そうでなくては、あんなにも二上の子どもたちが懐くものか。

何より、誰も信じることのできない男には、親友など要らない。

「あなたは、私の言うことを綺麗事と言います。でも、綺麗なことを信じたい。あなたが無駄だって、価値のないっていうものを、わたしは信じたいです」

血や生まれだけが、その人の価値ではない。歩んできた道のりや、一途に信じてきたものだって、その人を形づくるものだ。

「あなたの地獄には行けない。でも、あなたのために織ることはできます。わたしの一番大切な、誇りをもっていることで、あなたを助けることはできます」

真緒にとって、織ることは、自分を形づくるうえで外せないものだ。

「それで？　だから、二上を脅すな、と？」

「穂乃花様は、志貴様が二上を脅したと知ったら、自分を責めると思います」

「……あの女は、俺だけでなく、大勢を騙していた」

「そうでしょうか？　志貴様、手紙には心が顕れるんですよ。だから、志貴様が、穂乃花様の手紙を嬉しいと思っていたのは、穂乃花様の心が、そこに宿っていたからだと思うんです」

穂乃花に皇族の血が流れていなかったことは事実でも、彼女が歩んできた道のりも、行ってきたことも、何一つ嘘ではない。

穂乃花が手紙に託し、志貴のために尽くしてきた心は、嘘ではないのだ。

「志貴様が、穂乃花様から優しくしてもらった、と。そう思っているなら、今度は」

「今度は、俺がそれを返せ、と。吐き気がするな、本当に。だいたい、お前がさっきからやっていることは、交渉でもなんでもない。ただの《お願い》と言うんだ」

「……？　はい。志貴様の友人として、お願いをしているんです」

志貴は苛立たしそうに、片手で前髪をかきあげる。

「いま、俺はとても腹が立っている」

「わたしに、ですか？」

「いいや？　お前の能天気さを甘く見ていた自分に、だ。……先に言っておくが、俺の在り方は、俺が決める。お前ごときに何を言われても、変えるつもりはない。ただ、叔母上のことは、べつに苦しめたいわけではない」

思わず、真緒は目を輝かせる。

真緒の様子を見てか、志貴は心底嫌そうな顔で続ける。

「俺は、裏切られた、と思ったが、お前からしてみれば違うのだろう？　叔母上が与えてくれた優しさは、叔母上に皇族の血が流れていなくとも、なかったことにはならない、か」

「はい」

志貴は深い溜息をつく。

「二上のことは考えておく。だから、お前はもう帰れ」

「え？」

「そんな薄着で、外に飛び出したりするな。風邪でも引いてみろ、お前の夫に怒られるのは俺だろうよ」

口ではそう言いつつも、志貴は純粋に、真緒のことを心配してくれているのだろう。

「志貴様は、やっぱり優しい人ですね」

「そんなことを言うのは、お前だけだ。螟ですら、俺を優しいなどとは言わなかった」

「良いんです。わたしは螟様とは別の、もう一人のお友達ですものね」

「言ってろ」

志貴はそう言って、真緒を追い払うように手を振った。

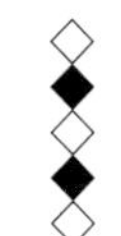

小さな機織の背中を見送って、志貴は振り返った。

「ぜんぶ、聞いていたのだろう？　威月」

振り返れば、吹雪のなかに立つ男がいる。真緒は気づいていなかったようだが、ずっと視線は感じていたのだ。

耳の良い男だから、当然、志貴たちの会話も筒抜けだったはずだ。

「神在では、まず見ないような女ですね。あの娘は」

「あんな女、宮中にもいない」

綺麗事ばかり信じて、それを貫こうとする。志貴の見たことのない女だった。

そもそも、宮中にいたら、真っ先に蹴落とされるだろう。あちらこちらから、その優しさを、甘さを食い物にされる。骨の髄までしゃぶられて、仕舞いには捨てられる。

「惚れましたか？　神在の妻には、手を出さない方がよろしいかと思いますよ。妻を奪われたとき、終也は、志貴様を殺すでしょう」

「……お前も同じだから、か？　妻を奪われたら、相手を殺すわけか。叔母上のことなど、さして愛していないと思ったが、ずいぶんと情があったらしい」

少し前まで、威月のことを《白牢》に封じている大禍のような男と思っていた。

何もかもを呑み込む雪害、すべてを凍えさせる厄災と同じだ。血も涙もない男なので、穂乃花のことも、宮中から押しつけられた厄介な女として、疎ましく思っている。

結局のところ、すべて志貴の勘違いだったが。

「俺の妻は、穂乃花だけです」

他が要らぬほど、脇目も振らず、穂乃花だけを愛しているらしい。彼女の身に流れる血など、威月にとっては、何の意味も持たないのだ。

「だから、俺が脅したときも、反論しなかったのか？」

「妻の名誉を守るためならば、大したことではなかったので」

帝を殺すという皇子に味方することを、大したことではない、と言い切るのだから、威月もたいがいだった。

(何もかも調子がくるうな)

頭では分かっているのだ。

真緒に何を言われようが、志貴が自分の在り方を変える必要はない。穂乃花の秘密を盾にして、二上を利用して、自分の地盤を整える。

それが最も手間がなく、たやすい手段ではある。

「威月。お前、俺に協力しろ、と言われたら、従ったか？　穂乃花様のことは無しで」

威月はしばらく考え込むように、顎に手をあてる。

「条件次第では、やぶさかではありません。今上帝は、あれでいて分別がつく方ですが、次の帝もそうとは限らない。自分で考える頭のない、そんな弱者に帝位を継がれるのは困りますから」

「いまの帝を、分別がつく、なんて言うのは、お前くらいではないか？　他家の――特に六久野の件を忘れたのか？」

今上帝の神在嫌いは有名だ。二上は優遇されていたが、亡ぼされた神在も、痛い目に遭わされた神在もいる。

帝と神在の権力争い自体は、はるか昔から行われてきたことだ。両者が危うい均衡を保ちながら、此の国の歴史は紡がれていった。

均衡を保たなくてはならない。つまり、どちらが欠けても困るのだ。

今上帝のように、悪しきものを封じるために必要な《神在》を亡ぼそうという発想は、本来、生まれてはならなかった。

此の国は、神無くしては成り立たない。神無くして、人の世はないのだ。

「他家には同情しますが、六久野の件については、ある意味、仕方のないことだったと思います。六久野は、それだけの仕打ちを今上帝にした。——虐げていた者が、虐げられていた者に復讐されたとして、誰が責められますか？」

　つい、姿かたちが若いので勘違いしそうになるが、威月は年齢だけならば、かなり帝と近い。

　つまり、当時、何が起こっていたのかを知る、生き証人の一人だ。

「たしか。帝は即位する前、六久野の領地にいたのだったな」

　その地で何があったのか、志貴は知らない。だが、威月の口ぶりからして、六久野の者たちは、帝のことを、ずいぶん手酷くあつかったのだろう。

　いまの帝の、六久野への思い入れ、六久野への憎しみを思えば想像はできる。

「幼い頃から、即位するときまで、ずっと六久野にいらっしゃいましたよ。帝と恭司の付き合いも、そこからになりますね」

「つまり、羽衣姫ともか。帝の気に入りだったからな、六久野の姫君は」

「妃としての格だけなら、いちばん低かったですよ。ただ、帝が、最も執着していた人であることは違いありませんね。宮中に閉じ込めて、決して外に出そうとしなかった籠の鳥です」

「その姫君が死んだから、帝は子を生さなくなったくらいだからな。……今でも思う。帝が望んでいた子どもは、六久野の姫君が産むはずの子どもだけだった、と。だから、俺たちのことを、平気で切り捨てる」

志貴は、末の皇子である。だが、本当ならば、もう一人、志貴の下に異母弟がいるはずだった。

臨月の母親――六久野の姫君もろとも死んでしまった異母弟が。

「威月。俺は、自分で考える頭を持っているつもりだ」

「存じておりますよ」

「だから、俺につけ。後悔はさせない」

志貴が笑うと、威月は首を傾げた。

「あまり侮辱なさらないでください。たとえ、悔いる結果になったとしても、その責を他者に押しつけたりはしません」

ご立派な言葉に、志貴は肩を竦めた。

志貴の地獄は、これからも続いてゆく。ともに堕ちてくれるような、お人好しで、一途な女もいない。

（あの機織は、俺の機織ではないからな）

十織終也。志貴とも血の繋がっている甥――あの美しい、人間の皮を被った化け物のために在る機織だった。

だから、志貴は独りで、この地獄を生きなければならない。

（そうだろう？　螟）

志貴の死は、今ここではない。遠い、遠い未来なのだから。

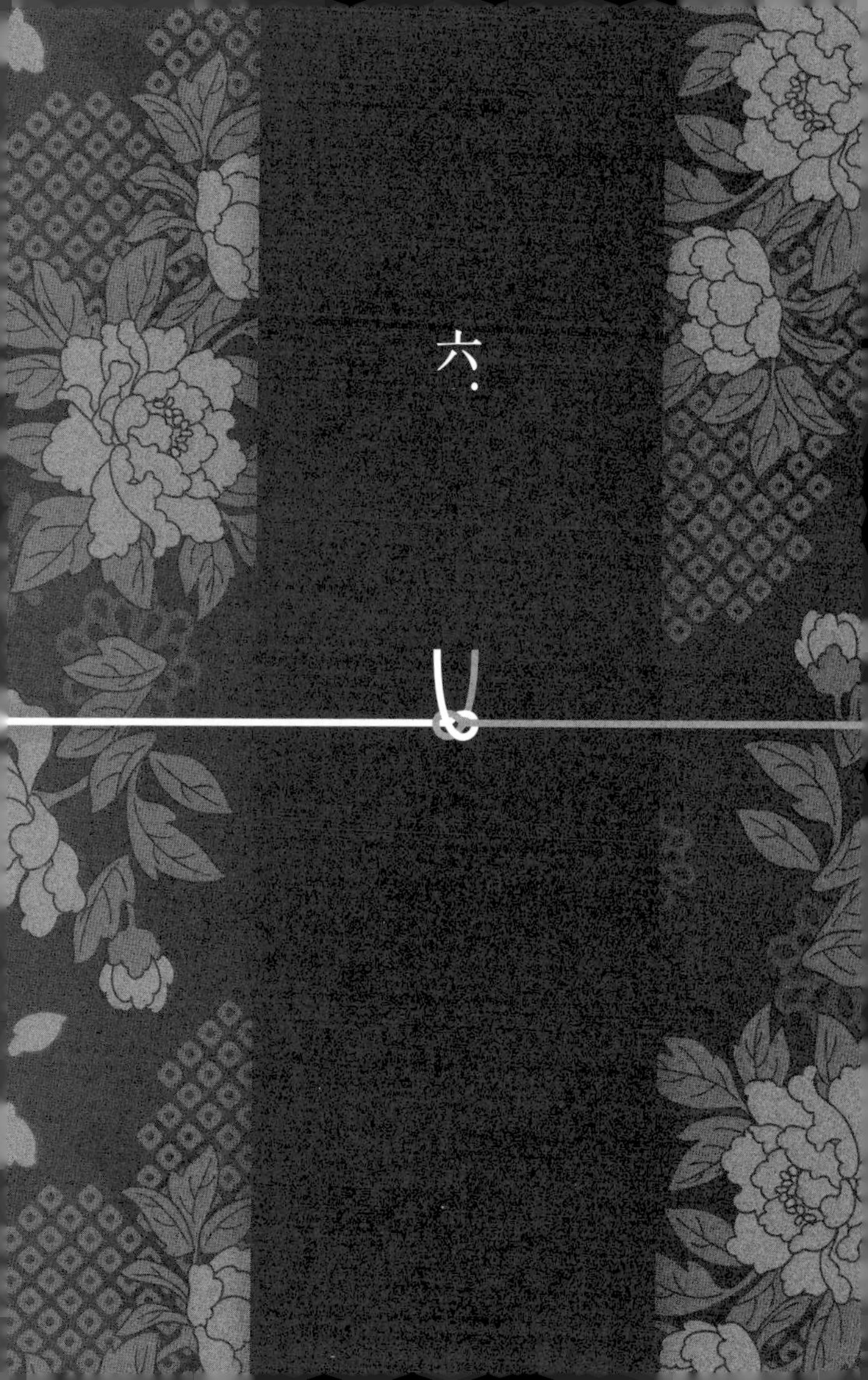

六．

二上から、花絲に帰る日。

真緒は、穂乃花に別れを告げるために、彼女のもとを訪れた。最後だからか、今まで同席することはなかった威月が、穂乃花の近くに寄り添っていた。

「申し訳ありませんでした」

開口一番、真緒が頭を下げると、穂乃花の慌てたような声がした。

「機織さん。いいえ、真緒さん？　どうか顔をあげて。あのときは、ごめんなさい。私の方が、取り乱して、責めるようなことを言ってしまって。――花絲に、お帰りになるのね？」

「はい。花絲に帰って、織ります。穂乃花様にふさわしい……あなた以外、威月様の花嫁として、ふさわしい人はいないんだって、分かるものを。嫁いだときと違って、あなたの幸せを祈るものを」

呪いのような、悪意ばかり込められた衣は要らない。穂乃花が幸福であることを祈るような、そんなものを織りたかった。

ふと、穂乃花のまなじりから、涙が零れる。

瘦せ細った指先で涙を拭いながらも、溢れるそれを止めることができず、彼女はうつむいてしまった。

「ごめんなさい。嬉しいのに、やっぱり私には過ぎたもの、とも思ってしまう」

「あなた以上に、威月様の花嫁としてふさわしい人はいないのに？　威月様が、そう思っているのに」

「威月がそう思っていても、私にはふさわしくない。だって、……そんなものをいただいたら、威月に、私の存在が遺ってしまう」

「どういう意味だ」

　ずっと口を閉ざしていた威月が、問い詰める。

「威月。お前は優しい人だから、死装束なんて贈ったら、私のことを忘れない。私のことを傷にしてしまう。だめよ、私は何も遺したくなかったのよ、だって」

　だって、お前に何も与えることができなかった、と彼女は涙する。

「私は、威月に何も与えられなかった。だから、何も遺したくなかった。……私が生きている間、ずっとお前を縛りつけてしまった。せめて、私が死んでからは、自由にしてあげたいと思ったのよ」

　震える妻を前にして、威月は眉をひそめる。

「まだ、そのような世迷言を口にするのか？　あなたは昔から変わらない。忘れてしまったのか？　あなただけが、俺を傷つけても良いんだ。傷つけてくれ、俺のことを。ずっと共に在ることはできないのならば、あなたのいない未来を生きなければならぬ俺に、傷くらい遺してくれ」

ゆっくり垂れ下がった狼の耳が、威月の心情をそのまま映していた。

「でも」

「でも、などと言うな。あなたは、ただ頷くだけで良いんだ。あなたを愛した憐れな男に、どうか慈悲をくれ」

威月は膝をついて、上半身を起こした穂乃花と視線を合わせる。そうして、まるで懇願するように、彼女の手に頬をすり寄せた。

穂乃花は涙を流したまま、威月の肩に額を寄せる。

抱き合う二人に、真緒は胸が締め付けられるようだった。二人に残された時間が、わずかであると分かっているから、なおのこと。

花絲まで送る、と言った威月の厚意を、真緒たちは断った。
穂乃花の命がわずかならば、できるだけ長く、二人には寄り添ってほしかった。穂乃花

の死が、威月を生かしてくれるようないちばん優しい、傷になるように。

「白牢の外まで、案内してくれるの？」

狼の耳を揺らした少女が、元気よく手を挙げた。次の長になる子だった。

「うん。威月様にね、お見送りしたいって言ったの。お姉ちゃんにね、お願いしたいこともあったから」

「わたしに？」

「お姉ちゃんは機織なんでしょう？　穂乃花様に着せてあげる衣装を織るって、そのために来たんだよね？」

「そうだね。穂乃花様にふさわしいものを織るために、白牢にお邪魔したの」

「それって、穂乃花様が旅立っていくときに着るもの？」

少女は恐る恐ると言った様子で、真緒に問うてきた。少女は、旅立ちの意味を正しく理解したうえで、真緒に尋ねている。

だから、以前のように誤魔化すことはしたくなかった
「うん。最期に着てもらうためのものを織るの。穂乃花様が亡くなった後も、穂乃花様を悪いものから守ってくれるように」

少女は一度だけ目を伏せたあと、覚悟を決めたように口を開く。

「いつか、あたしが長になったときには、あたしのためにも織ってくれる？　あたし、自分が長になったらね、穂乃花様みたいに優しくなりたいの。……穂乃花様の衣を織ってくれた機織さんに、織ってもらえたら。穂乃花様が旅立った後も、ずっと、勇気を貰(もら)える気がするの」

彼女は両手を摺(す)り合わせながら、いじらしく言う。

（穂乃花様は、何も遺したくない、遺せない、なんて言ったけれど、本当は違うよね。だって）

「織るよ。あなたにとって一番の、あなたに似合うものを」

穂乃花の身には、皇族の血は流れていなかった。だが、その事実が、彼女の何かを損(そこ)なうことにはならない。

二上の家に嫁いだ彼女は、この地で誠実に生きた。その結果、遺るものがある。

「ありがとう。――穂乃花様に、素敵なものを織ってね」

真緒は何度も頷いた。

小さな少女は、穂乃花が旅立ってしまうことを受け入れている。受け入れたうえで、彼女の旅路が幸福なものになることを祈っている。

威月だけではなく、たくさんの人が彼女のことを想っている。

「行きましょうか」

終也の言葉に、三人は並んで里の外に向かう。

「挨拶もなしに帰るのは、薄情ではないか？　こっちは、しばらく療養を続けなくてはならないのに。なあ、真緒」

里の入り口に立っていたのは、志貴だった。

出逢ったときと変わらず、人好きのする笑みを浮かべている。誰もが警戒心を失うような、太陽を思わせるからりとした笑みだ。

真緒を庇うように、一歩、終也は前に出ようとした。真緒は首を横に振って、終也の袖を摑んだ。

「終也。志貴様にも、お別れの挨拶をしたいの。わたしのお友達だから」

終也ではなく、真緒の友人だ。ならば、彼とのことは、真緒がけじめをつけるべきだと感じた。

「分かりました。お嬢さん、僕たちは少し離れていましょう」

「良いの？　志貴様、すっごく女たらしだって、姐さんたち言っていたのに！　お姉ちゃんとられちゃうかも」

「人妻に手を出すような下郎ではないはずです。仮にも皇子ですからね」

終也と少女が離れていくのを見送って、真緒は志貴と向かい合った。

「あいつら、俺をなんだと思っている？　帝じゃないんだから、そんな節操なしではない。子でも出来たら悲惨だろうが」

言葉だけ耳にしたら、思わず眉をひそめる内容だ。だが、志貴の本心が何処にあるのか、今の真緒には分かる気がした。

「志貴様は、生まれる子どもが、つらい目に遭うって思うんですね。あなたが、とてもつらい思いをしてきたから」

志貴という男は、此の国で最も尊い血筋に在る。だが、その血筋は、彼に多くの苦難をもたらした。

「皇族に生まれて、幸福に生きることができる者は、ほんのわずか。たいてい、地獄を生きることになる。いっそのこと死んだ方が楽になれる。血の繋がった子どもを、そんな運命に巻き込みたいとは、さすがの俺も思わない」

「志貴様は優しいですね」

「お前の目、やはり節穴なのではないか？　俺が二上を脅したことを忘れたのか」

「でも、もう脅したりしないでしょう？」

志貴は厚みのある唇を、にい、と釣りあげる。いかにも好青年だったときの面影がない、それは意地の悪そうな笑顔である。

「脅しはしないが、交渉は続けるさ。……穂乃花様のことがなくとも、俺につけば利点がある、と納得させれば良いのだろう？」

「信じていますね」

「信じているなんて、言葉ではいくらでも言える。腹では何を考えているか分かったものではない。――だが、まあ、お前はそういった腹芸はできないから、本当に俺を信じているのだろうな？　言っておくが、俺は、お前の想像する何倍も悪辣だぞ」

悪辣。真緒には言葉の意味が分からなかったが、きっと、志貴は自虐のつもりで言ったのだろう。

「わたしと志貴様は、お友達なので。だから、お友達である志貴様のことを、わたしが一方的に信じるのは許してください」

志貴は虚を衝かれたように目を丸くして、それから心底嫌そうな顔になる。

「俺は、お前を友人とは思っていないんだが。後にも先にも、俺の友人は螟だけだ」

その言葉に、真緒は思う。志貴は誰も信じないと言ったが、やはり、本当は違ったのだろう。

叔母としての穂乃花にも心を寄せていたうえ、親友のこともある。八塚螟という亡くなった友には、ずいぶん心を許していたはずだ。

「志貴様が帝になりたいのは、親友のためでもあるんですね」

――末の皇子が、帝を殺して即位する。

志貴に遺された未来視は、親友の形見でもあった。友が遺してくれたものだった。それを叶えるためにも、志貴は帝位を諦められない。

悪しきものによって火傷を負った。宮中の者たちからも、血の繋がった身内からも見捨てられた。

それでも、志貴は帝位を目指すのだろう。

「蜆のためではない。そもそも、帝位は俺の望みだった。……だが、あれが遺してくれたものだから、その未来に辿りつきたい、という思いはあった。蜆が遺した未来視は、あれの望みでもあったのではないか、と」

帝を殺して、志貴が帝位に即く。

それは八塚蜆の願いでもあったのかもしれない、と志貴は語る。

「まあ、死んだ人間の心は分からないが。だいたい、こんな女に出逢うのならば、先に教えてくれても良かったと思わないか？　なあ、真緒」

志貴は喉を震わせるように笑う。

「わたしと志貴様が、白牢で出逢うことですか？」

「神在の妻などに興味はなかった。そもそも、お前のような娘は、虫唾が走るほど嫌いなはずだった」

「綺麗なものばかり信じようとするから、ですよね」

「そのとおり。地獄など知らぬ顔で、幸せそうに生きているのを見ると、腹が立って仕方がなかった。……なのに、目が離せない」

　志貴が手を伸ばしてくる。頭上から降ってきた手を、ためらうことなく、真緒は片手で押し返した。

「俺ではダメか？　やはり」

「志貴様がダメなんじゃなくて、終也が良いんです」

「十織より、贅沢な生活をさせてやる。それに、俺は終也と違って、お前と一緒に生きて、死ぬことができるだろう。俺の方が、お前とも近しいはずだ」

　真緒と終也の寿命は、おそらく終也の方が長い。真緒にも、七伏家の血が流れているが、それが終也ほど濃いかと聞かれたら、きっと違うのだ。

　いつか、真緒は終也を置いて、死出の旅に向かうだろう。

「いつか、置き去りにしちゃうのかもしれないけど、それまでは一緒に生きるの。それが無駄だとは、わたしは思いません」

きっと、遺せるものがあるはずだ。

「……俺と終也は、意外と似ているところがあるだろう？」

誰もが、志貴と終也を似ているとは言わない。明るく潑剌とした志貴と、人当たりは良いものの物静かな終也では、並べたら正反対に見える。

だが、心の根っこの部分で、彼らは似ている。

たくさん傷ついたから、誰かを信じることを恐れている。

それに、火傷を負ってからの志貴は、かつての終也のように自分のことを醜い生き物と信じて、誰かと一緒に生きることを諦めていた。

ふたりを同一視しているつもりはない。だが、志貴の心に触れるほど、終也と似た部分のある人なのだとも感じた。

「似ているのならば、俺でも良いと思わないか？　終也よりも先に出逢っていたら、変わっていたか？　何か」

真緒は首を横に振った。

未来は変わるかもしれないが、歩んできた道のりは変わらない。過ぎ去りし日々の、もしも、など想像したところで、永遠に手に入ることはない。

「わたしを迎えに来てくれたのは終也でした。だから、その想像に意味はありません」

暗がりに糸を垂らしてくれた男の子だけが、真緒の恋する人だった。

「俺のいる場所は地獄だ。だが、惚れた女が一緒にいてくれるなら、そんな地獄でも息ができると思う」

「志貴様の地獄には、一緒に行けません」

真緒が寄り添うとしたら、それは終也がいる地獄だった。もちろん、真緒は自分と終也がいる場所を地獄だとは思わないが。

切なそうに眉をひそめた志貴に、真緒は続ける。

「でも、言ったでしょう？　志貴様が《悪しきもの》に傷つけられないように、祈ることはできます。わたしは機織だから、友として、あなたのために織りますよ」

真緒は、織ることは祈りだとも思っている。

その人への想いごと織りあげることで、真緒の織ったものは誰かの力になる。十織家の機織となった真緒は、そう信じている。

「お前、意外と悪女の素質があるな。男を誑かす才能がある」

「……そ、そういうのは、はじめて言われました」

真緒には、そもそも終也以外の人に恋をされる、という発想がなかった。

終也の嫉妬するという言葉も、どこか他人事のように感じていた。終也から注意されたときも、本質的には何が問題なのか分かっていなかったのだろう。

「恋をしてくれるわけでもないのに、人としての、友としての俺は大事にしてくれるのだろう？　それは性質が悪い」

「お嫌ですか？」

志貴は溜息をつく。

「嫌じゃないから最悪なんだ。――もう良い、さっさと行け。お前の旦那が、すさまじい目で、こちらを見ているだろうが。まったく、こんなに想われて、あの男は何を不安に感じているんだ？」

「良いんです、大好きだって伝え続けるから。志貴様、次にお会いするときは、織りあがったものをお渡ししますね」

「お前が、どうしても織る、というのならば、帝都まで持ってこい。俺の療養が終わった頃にでも、な。会うくらいはしてやる」

そう言って、志貴はひらひらと手を振った。

◇◆◇◆◇

花絲の街。真緒の工房は、静けさに包まれていた。

かたん、かたん、と動かしていた織り機は、もう最後の工程に入っている。もう少しで、穂乃花の死装束を仕立てるための反物が、織りあがるところだった。

(あの人の命が、まだ此の世にあるうちに)

穂乃花のための衣は、きっと穂乃花だけでなく、威月や他の人々の心も、救いあげてくれるはずだ。

「雪花の紋、ですか?」

工房を訪ねてきた終也が、織り機を見下ろしてつぶやく。

雪花は、雪の結晶を花のような形にしたものだ。そして、雪害という《大禍》を封じる白牢を、象徴するものでもあった。

「穂乃花様は、結局、何を着たいのか教えてくれなかったけど。この文様なら、きっと、喜んでくれると思うの」

穂乃花の口からは、終ぞ、希望の文様が語られることはなかった。嫁いだ頃のようなものは嫌、と震えるだけで、何を着たいのかは言わない。

おそらく、自分でも、どんな文様を望んでいるのか、分からないのだ。

「白牢も、そこにある雪も、むかしは穂乃花様の不幸を願うものだったかもしれない。でも、いまは違うよね？　穂乃花様を幸せにしてくれたものは、威月様で、白牢の地だったから」

白牢という土地は、穂乃花が嫁いだときには、彼女の不幸を願うものだった。たくさんの嫁入り道具のように、彼女を呪うものの一つだった。

だが、いまは違うだろう。

雪に閉ざされた土地で、穂乃花は誠実に生きて、たしかな幸福の中にあった。忌まわしい呪いは、きっと祝福に変わったのだ。

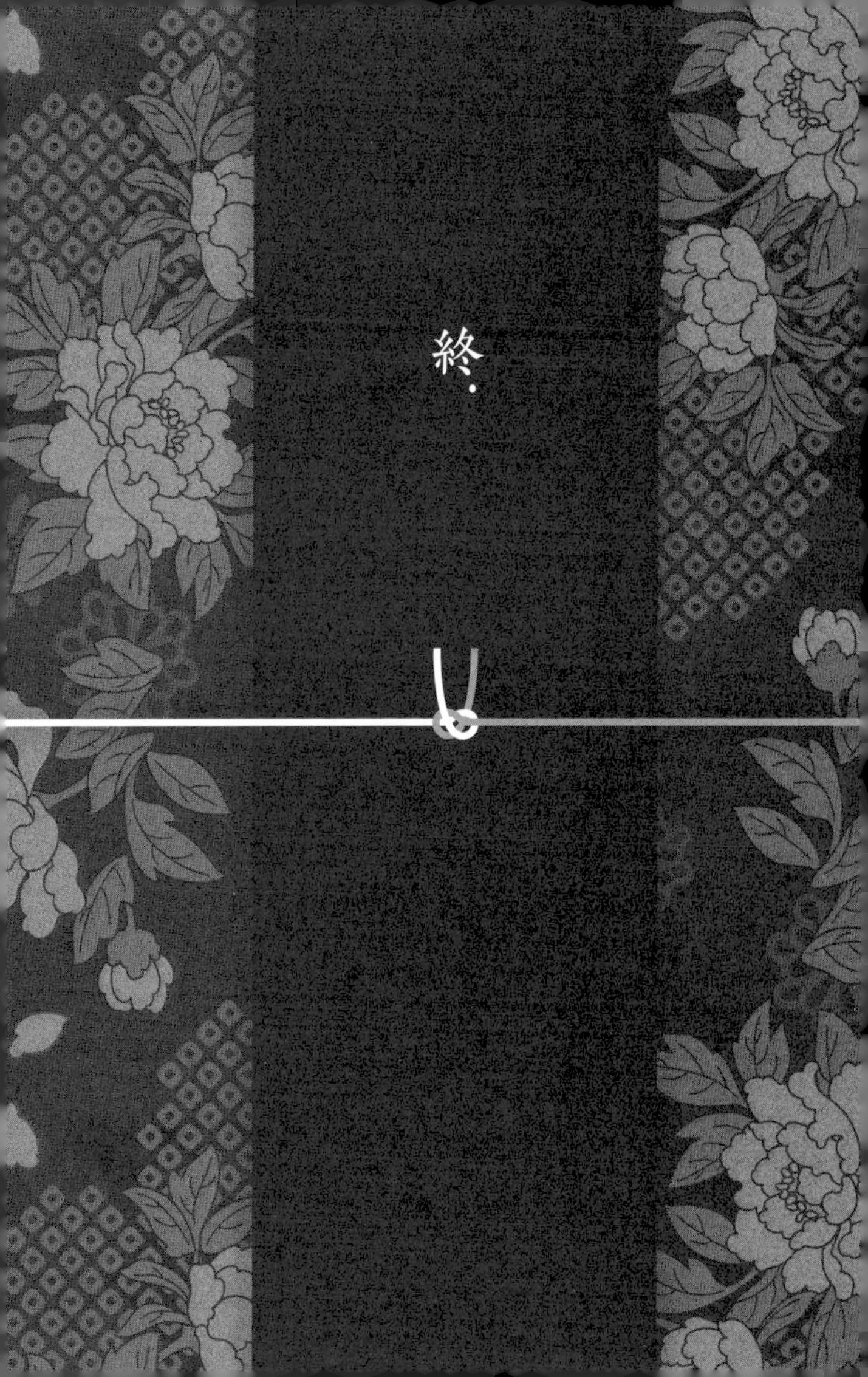
終

柔らかな春の気配がするような、冬の終わりのことだった。

外出先から、十織邸に戻ってきた終也は、廊下に見知った影を見つける。

「綜志郎」

終也が声をかけると、だらしなく着崩した恰好の弟は振り返った。彼の手に握られていたのは、一通の手紙だった。

「訃報だと。二上から」

すぐさま、終也は勘づく。穂乃花の訃報だろう。

「お預かりします。真緒には、僕から伝えておきますね」

「ああ。義姉さんが織ったの、この訃報の人のやつだったんだ？」

「ええ。二上の奥方が、旅立つときのために、と」

「死装束かよ。……あのさあ、二上の依頼、よく受けたよな。他家からの依頼だから、断るわけにはいかないっていうのは、分からなくもねえけど。正直、すげえ複雑だった。母様には？」

「黙っていました。父様が亡くなったのは、白牢からの帰りだったのですね」

「は？　知らなかったのかよ」

「正直なところ、父様が亡くなった頃のことは、あまり憶えていないのです。急なことでしたから」

　父の訃報は、あまりにも突然のことだった。

　あの頃のことは、真緒との出逢いを除けば曖昧で、はっきりしていることと、そうではないことがある。物言わぬ骸となった父と、そこにすがりつく母の背中、立ち尽くす弟妹の顔は忘れられないが、葬儀に参列していた人々の顔は怪しい。

（僕も、十織の家族も、父様が亡くなるなんて想像したこともなかった）

　あの人は、心の面でも、十織家の柱であった。

　この家は、やはり機織なくしては成り立たないのだろう。真緒という機織を迎えて、ようやく家族として手を取り合えるようになったことで、ますます明白になった。

「俺さ、父様が死んだとき、あり得ないって思ったんだよ」

「父様が慎重な方だったから、ですか？」

「慎重っていうか、母様を悲しませる真似は、絶対にしないだろ。だから、あんな悪天候のなか、無理して移動するはずない」

「同じことを、二上の当主も言っていました」

「二上の当主が言うのは気にくわねえけど、向こうがそう言うのなら、俺の考えは間違っていないんだろうな。……まあ、志津香や母様には、父様が殺されたかもしれない、なんて口が裂けても言えねえけど」

終也は頷く。母も妹も、父は不幸なことで亡くなった、と考えている。誰かの悪意が介入していたとは、夢にも思っていない。

「実は、少し調べてみよう、と思うのです」

「藪をつついて蛇が出たら？　父様を殺した相手がいるなら許せねえけど、引っかき回して、志津香たちを害されたら困る」

「何事もなく、穏やかに過ごすことができるのなら、それが一番です。でも、僕たちの日々を脅かす影があるのならば、無視はできないでしょう。……だから、僕は蔑ろにしてきた過去にも、きちんと向き合う必要があるんだと思います」

いつか、取り返しのつかないことになる前に。

早朝から織っていた真緒のもとに、終也は一通の手紙を持ってきた。
「穂乃花様、亡くなったんだね」
二上家からの訃報には、穂乃花の死と、織りあげた反物への感謝が綴られていた。

季節は、もうすぐ春を迎えるところだ。だが、大禍を封じる《白牢》は、変わらず冬のままなのだろう。

冬景色のなか、野に咲く花のように可憐な人は逝ったのだ。

雪に閉ざされた土地を、威月は牢獄と呼んだが、穂乃花にとっては違う。あの土地は、彼女にとって幸福の象徴だったはずだ。

穂乃花は眠るように、息を引き取ったという。きっと威月が愛した、穏やかで、優しい笑みを浮かべていたはずだ。

「人は死んだら、地獄に行くんだよね。……でも、本当にそうなのかな？」

深く、暗い地の底には、悪しきものに支配された土地がある。人は死んだら、そこに向かう、という説もあるのだ。

だが、真緒には、本当にそうとは思えないのだ。

「あれだけ大切にされて、愛された人だから。死んだ後だって、幸せな場所で、笑っているって。そんな風に思いたいの」

二上家の夫妻は、大きな嘘を抱えていたが、彼らの関係性までも嘘だったわけではない。あれだけ想い想われた夫婦だ。

たとえ死が二人を分かつとも、幸福であってほしい。

「君は、ずいぶん二上の夫妻に心を寄せたのですね」

「ダメだった？」

「いいえ。君の、そうやって誰かに寄り添おうとする心は、尊いものだと思います。それが志貴様にも気に入られたことは、面白くありませんが」

「志貴様は、わたしのことを気に入ったんじゃないよ。本当は、わたしのことなんて気に入らないんだと思う」

　根本的な考え方は、きっと志貴と真緒は逆なのだ。

　たくさん傷ついたから、その傷に鈍感になってしまった部分は似通っているが、根っこの性格はぜんぜん違う。

　志貴いわく、お綺麗なことばかり信じている真緒と、そうではない志貴の考えは、おそらく相容れることはない。

「では、気に入らないからこそ、特別なのでしょう。志貴様と君は、正反対だ。だから、あの男は君に惹かれている」

「わたしは、志貴様のところには行かないよ。終也の機織さんだから。出逢ったときから、ずっと変わらない。きっとね、死んでも変わらないの。……わたし、死んじゃった後も、終也の機織さんで、お嫁さんでいたいって思うの」

真緒は手を伸ばして、終也の頰に触れようとする。その仕草に気づいて、彼は膝を折って、真緒と視線を合わせてくれた。

「こうやって、目を合わせようとしてくれるのが好き」

上から見下ろすのではなく、真緒と目を合わせようとしてくれる。宝石みたいな緑の目に映し出された自分を見ると、いつも胸がいっぱいになる。

この人は、いつだって、真緒に孤独ではないことを教えてくれる。

「わたしが苦しいとき、前に進む力をくれるのはね、終也なんだよ。終也が隣にいてくれるから、終也が、わたしを終也の機織さんにしてくれたから、強くなれるの。だから、ずっと、わたしが死んだ後だって、放さないでね」

心が凍えて、寒くて仕方がないとき、明かりを灯してくれるのは終也だ。他の誰かでは、真緒の心は冷えたままだったろう。

「死んだ後も、僕を思ってくださるのですか？」

「うん。そうしたら、きっと終也は寂しくないでしょう？　わたし、ずっと一緒に生きていたい。でも、ずっと一緒に生きていられるとは限らないことを知ったから」

穂乃花が、威月を置いていったように。

真緒、あるいは終也。どちらかが、どちらかを置いていく日が来るかも知れない。命とは、いずれ尽きるものだ。

死者をよみがえらせることは、どんな神様にも叶えられない。

「そうですね。僕と君が、どれだけ一緒にいられるか分かりません。僕たちには、八塚(やつか)のような未来を視(み)る力は無いのですから」

「だから、たくさん遺(のこ)したいなって、思ったの」

二上の夫妻にとっては、それは《傷》だったのだ。傷を遺すことも、遺されることも、彼らにとっては愛情の証(あかし)であった。

真緒たちにとっては、それは何だろうか。

「終也は、二人きりでも良いって言ったことがあるよね？　でも、わたしは嫌だった。だって、それが終也の本当の願いとは思えなかったから」

かつて、この人は、真緒と二人きりでも構わない、と言った。

だが、それが終也の本当の願いとは思えない。

母から愛されたい、と願っていた小さな男の子は、いまも終也のなかに生きている。

だから、幼かった終也のことも、見て見ぬ振りをしたくなかった。小さな男の子を置き去りにして、幸福にはなりたくなかった。

過去と現在は繋(つな)がっているものだから、二人でつくる幸せな未来のために、何一つ切り捨てたくなかった。

「家族みんなで、幸せになろう？　そうしたら、終也のもとにも、たくさん遺るものがあるよね。終也が生きる時間のために、たくさん遺せるものがあるって信じたいの」

ずっと一緒に生きることはできなくても、真緒と終也が幸せに生きたことは、なかったことにはならない。

「僕は、先のことを考えると怖くもなります。いつか訪れる、君が隣にいない未来が恐ろしかった。でも、遺るものがあるのですね」

終也は微笑む。

「たくさん、遺してくれますか？　僕が寂しくないように」

真緒は頷いて、そっと彼の頭を抱きしめた。

※この作品はフィクションです。実在の人物・団体・事件などにはいっさい関係ありません。

集英社オレンジ文庫をお買い上げいただき、ありがとうございます。
ご意見・ご感想をお待ちしております。

●あて先
〒101-8050　東京都千代田区一ツ橋2-5-10
集英社オレンジ文庫編集部 気付
東堂　燦先生

十番様の縁結び　3

神在花嫁綺譚

集英社
オレンジ文庫

2023年1月25日　第1刷発行
2023年2月21日　第2刷発行

著　者　東堂　燦
発行者　今井孝昭
発行所　株式会社集英社
〒101-8050東京都千代田区一ツ橋2-5-10
電話【編集部】03-3230-6352
【読者係】03-3230-6080
【販売部】03-3230-6393（書店専用）
印刷所　図書印刷株式会社

ISBN 978-4-08-680486-8 C0193